共和国的历程

海天雄师

解放一江山岛和大陈岛

陈忠杰 编写

蓝天出版社 吉林出版集团有限责任公司

图书在版编目（CIP）数据

海天雄师：解放一江山岛和大陈岛 / 陈忠杰编写.
—北京：蓝天出版社，2014．1（2023.3重印）
（共和国的历程）
ISBN 978-7-5094-1077-6

Ⅰ．①海… Ⅱ．①陈… Ⅲ．①革命故事—作品集—中国—当代 Ⅳ．
①I247．8

中国版本图书馆CIP数据核字（2013）第305424号

海天雄师——解放一江山岛和大陈岛

编　　写：陈忠杰
策　　划：金永吉　荆忠峰
责任编辑：祖　航　梅广才
出版发行：蓝天出版社　吉林出版集团有限责任公司
地　　址：北京市复兴路14号
邮　　编：100843
电　　话：010—66983715
经　　销：全国新华书店
印　　刷：北京柏玉景印刷制品有限公司
开　　本：710mm×1000mm　1/16
字　　数：69千
印　　张：8
版　　次：2014年4月第1版
印　　次：2023年3月第3次
定　　价：29.80元

前　言

　　中华人民共和国自1949年10月1日成立以来，已走过了六十多年的风雨历程。历史是一面镜子，我们可以从多视角、多侧面对其进行解读。然而有一点是可以肯定的，那就是，半个多世纪以来，在中国共产党的领导下，中国的政治、经济、军事、外交、文化、教育、科技、社会、民生等领域，都发生了深刻的变化，中国人民站起来了，中华民族已屹立于世界民族之林。

　　这段时间放到整个历史长河中是短暂的，有如弹指一挥间，但它带给中国的却是极不平凡的。六十多年里神州大地经历了沧桑巨变。从开国大典到60年国庆盛典，从经济战线上的三大战役到经济总量居世界前列，从对农业、手工业、资本主义工商业的三大改造到社会主义市场经济体制的基本确立，从宜将剩勇追穷寇到建立了强大的国防军，从废除一切不平等条约到独立自主的和平外交政策，从"双百"方针到体制改革后的文化事业欣欣向荣，从扫除文盲到实施科教兴国战略建设新型国家，从翻身解放到实现小康社会，凡此种种，中国人民在每个领域无不留下发展的足迹，写就不朽的诗篇。

　　六十几年在历史的长河中犹如沧海一粟，但对身处其间的个人却是并非无足轻重的。其间究竟发生了些什么，怎样发生的，过程怎样，结果如何，非人人都清楚知道的。对此，亲身经历者或可鲜活如昨，但对后来者却可能只是一个概念，对某段历史的记忆影像或不存在或是模糊的。基于此，为了让年轻人，特别是青少年永远铭记共和国这段不朽的历史，我们推出了这套《共和国的历程》。

《共和国的历程》虽为故事形式，但与戏说无关，我们是想借助通俗、富于感染力的文字记录这段历史。这套丛书汇集了在共和国历史上具有深刻影响的重大历史事件。在丛书的谋篇布局上，我们尽量选取各个时代具有代表性的或深具普遍意义的若干事件加以叙述，使其能反映共和国发展的全景和脉络。为了使题目的设置不至于因大而空，我们着眼于每一重大历史事件的缘起、过程、结局、时间、地点、人物等，抓住点滴和些许小事，力求通透。

历史是复杂的，事态的发展因素也是多方面的。由于叙述者的视角、文化构成不同，对事件的认知或有不足，但这不会影响我们对整个历史事件的判断和思考，至于它能否清晰地表达出我们编辑这套书的本意，那只能交给读者去评判了。

这套丛书可谓是一部书写红色记忆的读物，它对于了解共和国的历史、中国共产党的英明领导和中国人民的伟大实践都是不可或缺的。同时，这套丛书又是一套普及性读物，既针对重点阅读人群，也适宜在全民中推广。相信它必将在我国开展的全民阅读活动中发挥大的作用，成为装备中小学图书馆、农家书屋、社区书屋、机关及企事业单位职工图书室、连队图书室等的重点选择对象。

编　者
2014 年 1 月

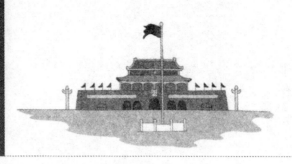

一、 中央决心清理门户

● 毛泽东听到朱德的建议，大声说道："'清理门户'？说得好！我举双手赞成！"

● 陈毅带着特有的自信对毛泽东说道："请主席放心，华东军区会尽全力的！"

● 毛泽东说："你们华东军区先拟订一个作战计划，报军委批准后实施。一定要拔掉这颗钉子。"

中央决心解放沿海诸岛

1954年7月23日，《人民日报》发表社论《一定要解放台湾》，文章指出：

蒋介石集团在美帝国主义的支持下在台湾苟延残喘，不断向大陆挑衅，破坏公海航行自由。中国人民再次向全世界宣布，一定要解放台湾，决不允许有侵犯中国领土的事存在。

7月24日《人民日报》发表社论《人民解放军的光荣任务》，文章指出：

人民解放军的任务就是保卫社会主义建设，防止帝国主义的侵略，消灭蒋介石残存集团，解放台湾。

这个时候，中央已经决定解放和夺回包括大陈岛、一江山岛在内的东南沿海诸岛，继续和敌人在东南沿海展开激烈的争夺战，让蒋介石反攻大陆的阴谋彻底破产！

在这之前，由于中国内地逐步获得解放，国民党残兵败将都纷纷撤逃，一部分退踞浙东的近海岛屿负隅顽抗，同大陆人民解放军形成隔海对峙的态势。

虽然国民党军队在沿海的兵力有限，但其用心险恶，企图以大陈、披山、一江山等岛屿为依托，屏障台湾，进而实现反攻大陆的野心。

一江山岛位于浙江省台州湾外东海中，由南江、北江两个小岛组成，面积为1.7平方公里。一江山岛属台州列岛，因其处上、下大陈岛的中心地位而成为前哨阵地，其地理位置显得相当重要。

因为一江山岛的地理位置很重要，再加上地形的险要，台湾当局对它更是倍加关注。

当时国民党的"国防部长"俞大维表示："一江山岛是大陈岛的门户，大陈是台湾的屏障，一江不保，大陈难保，大陈不守，台湾垂危！"

此外，俞大维还和美国军事顾问一起专门对一江山岛作了防御部署，配备守军1100多人，在岛上构筑了坚固的防御工事，并配备较强的火力。

1953年8月，原国民党六十七军中将军长刘濂一刚到大陈岛接任总指挥时，浙江东南沿海岛屿就已经装备了美械1个主力师和6个突击大队，并有海军舰艇10余艘，总兵力达2万余人。

敌人形成了以上、下大陈岛为核心，以一江山岛等为坚固外围的海上防御体系。敌人以此为基地，不断袭扰我东南沿海地区。

蒋介石对大陈岛和一江山岛的防御部署一直很关注，

中央决心清理门户

他提出了"保卫台湾，必先固大陈；要守住大陈，必确保一江山岛"的口号，可见蒋介石是多么看重这两个岛屿。

为了好好守住一江山岛这个所谓的大门，蒋介石夫人宋美龄曾代表他亲临该岛"慰问"官兵，为这些反动军人打气。蒋介石的儿子蒋经国也在台湾"国防部长"的陪同下，到该岛巡视。

在日内瓦会议期间，中国共产党和中国政府通过各种渠道，向全世界表示解放台湾的决心。

在这种背景下，人民解放军的海空力量逐步移向东南沿海，和国民党的守岛部队隔海对峙。解放军的精锐野战部队也在陆续调入东南沿海地区，准备对盘踞在大陈岛、一江山岛等东南沿海岛屿之敌进行打击。

朱德建议"清理门户"

在中南海毛泽东主持的一次军事会议上，毛泽东表示：

> 美帝国主义者很傲慢，凡是可以不讲理的地方就一定不讲理，要是讲一点理的话，那是被逼得不得已了。

如果在台湾问题上中国不能有所作为而任由美国肆意活动，搞所谓的"一中一台"、"两个中国"，或将台湾问题"国际化"，那么，随着时间的推移，将会使全世界觉得台湾与中国大陆的分离已经成为既定事实。为了中国主权独立和领土完整，绝对不能让美蒋阴谋得逞！

事实上，不管什么时候，台湾都是中国的领土。台湾问题纯属中国的内政，别国无权干涉。毛泽东甚至考虑到为了维护国家主权，不惜再战的可能性。

在中央决定解放大陈岛和一江山岛之前，美国第七舰队便出现在台湾海峡，其险恶用心就是妄图使"台湾问题"这一中国内政变得复杂化。

解放军在沿海的行动，很可能会引起美国的强烈反对，所以新中国解放台湾面临着阻力。

中央决心清理门户

对于解放台湾所面临的困难，毛泽东是十分清楚的。而提出这一任务，他是经过深思熟虑的。

对于毛泽东主席的决心和态度，当时作为国防部长的彭德怀和任何时候一样，在第一时间支持毛泽东的意见。他用自己铿锵有力的语气说："我完全赞同主席的意见！"

彭德怀说完，大家都表示赞同。他又站起来，看着在场的每一个人，继续说："现在朝鲜局势已经稳定下来，我看应该把空军移到福建和浙江来，首先夺取沿海的制空权，这样才能确保渡海部队的安全。"

毛泽东点点头，之后又加了句："还有制海权。没有这两权，我们的战士跨海作战的安全就难以保证。要尽快地把这两权夺过来。"

朱德这个时候发言说："主席和彭老总的意见我都赞成。我认为可以分两步来走，首先是'清理门户'，也就是把沿海那些还被国民党占领的岛屿解放过来，把我们的门户打扫干净。这样，既解除了对我东南沿海的威胁，打通了海上的南北航道，也砍掉了台湾的手脚，使我们下一步解放台湾时没有后顾之忧。"

听到朱德的建议，毛泽东大声说道："'清理门户'？说得好！我举双手赞成！"

华东军区司令员陈毅提议说："我认为'清理门户'可以从大陈岛开始，它是浙江东南沿海岛屿国民党守军的指挥中心和防御核心。攻克大陈岛就能击中敌人要害，浙江东南沿海其他岛屿就有可能不战而克，这样我军可以用较小的代价换取较大的胜利。"

大陈列岛位于浙江台州湾外，包括蒋儿岗、东矶山、高岛、头门、上大陈、下大陈、琅矶山、龙金岛、一江山岛等20多个岛屿。

其中上大陈、台州岛、下大陈3个岛如一个等边三角形紧靠在一起，面积共有100平方公里，相互之间最远距离不足2.5公里，因此，人们一般把这3个岛合称为"大陈岛"。

从上海往南到镇海、厦门的船只都要经过大陈岛水道。因大陈岛被国民党军所占据，所以新中国的南北航运便被截断。

以大陈岛为基地的国民党海军舰队，对长江口、杭州湾航运是个很大的威胁，严重影响了新中国的经济恢复发展和社会安定。敌人控制着舟山渔场，而从大陈岛军用机场起飞的飞机，不用半小时就能飞临上海。

大陈岛的敌军确实是新中国的心头大患，所以不管是新中国的中央领导层，还是国民党军队都很重视这个地方。

毛泽东看了看陈毅，对他说道："大陈岛就交给你陈毅了！"

陈毅以他特有的自信，对毛泽东说道："请主席放心，华东军区会尽全力的！"

毛泽东表示满意，继续说道："你们华东军区先拟订

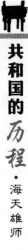
一个作战计划，报军委批准后实施。一定要拔掉这颗钉子。"

华东军区经过认真研究，提出了陆海空三军联合攻打大陈岛的战役计划。这一计划报中央军委批准后，就立即着手进行作战准备了。

蒋介石视察大陈岛

1954 年 5 月 6 日黄昏，蒋介石乘坐"峨眉"号驱逐舰，从台湾来到大陈岛视察防卫工作。此时，他的心情倍感沉重。

蒋介石伫立在舰桥上，举目眺望西北方向，在那里有他的故乡。那熟悉的天空，熟悉的山峦，还有那熟悉的气味，使他的心里隐隐作痛，泪水默默地流了下来……他是在反思自己吧？

虽然这个反动统治者思念他的故土，但他仍然不知悔改，为了能达到反攻大陆的目的，他继续加强对东南沿海的部署和防御。

前不久，大陈防卫部政治部特工人员将一沓潜入大陆偷拍的照片送到蒋介石的案头。照片上面有四明山青翠的竹林，武岭溪口的祖上家业玉泰盐庄，口嚼千层饼的村民，显出一片社会和谐的景象。

那一天，蒋介石特别沉默。他彻夜难眠……掏出手绢，擦干眼角。他觉得，梦想就像肥皂泡一样随时都有可能破灭。

此刻，伫立在舰桥上的他，前方是布满光秃秃石头的大陈岛，这与他曾经美丽的幻想简直是天壤之别。这些石头刺着他的心。

中央决心清理门户

蒋介石觉得，如果大陈岛也保不住，那么，恐怕像现在这样乘坐军舰遥望家乡的机会都没有了。在蒋介石看来，大陈岛无论如何也不能被解放军攻占，否则，他那"美好"的希望就会眼睁睁地破灭。

自从海南、舟山相继被解放军占领后，国民党在沿海地区占领的一些小岛，只有军事价值却没有任何经济价值，已经成为国民党政府沉重的负担。

这些岛屿的地理位置与台湾相距太远，运输和补给很不方便，军费开支庞大，且分散了台湾的兵力。但蒋介石之所以不愿放弃大陈岛和一江山岛，原因在于他反攻大陆的野心依然未泯。

浙江全省的面积有 10.2 万平方公里，而上、下大陈岛仅占 7.5 平方公里，如果打开地图，根本找不到它的准确位置。但这个在东南海面上距大陆 14 海里的岛屿，在国民党的眼里却是反攻大陆的理想基地。所以，才让蒋介石死死抱住不放。

另一方面，蒋介石打算通过这些沿海岛屿对大陆沿海进行渗透，开展政治、心理、经济等攻势，以及从事其他阴谋活动。

早在 1950 年 6 月，国民党就成立了大陈岛游击指挥所，指挥官由海军温台巡防处处长兼任，所属游击队五花八门，番号众多。

当时，大陈岛上的国民党守军十分混乱，并没有真正的统一指挥，处于群龙无首的无序状态，简直就是一帮乌合之众。

到1951年9月，有"西北王"之称的胡宗南化名秦东昌，被国民党政府派往大陈岛。直到这时，在大陈岛的国民党守军才有了点军队的样子。

胡宗南到任后，秘密策划向大陆东南沿海发展势力，等待国际局势演变，配合由大陈岛发起的反攻大陆的军事行动。

胡宗南身兼"江浙人民反共游击总指挥部司令"和"省主席"两个要职，听起来很显赫，但其所辖兵力不过几个突击大队罢了，兵力总数大概有7000人。这段时间，这些人主要对东南沿海进行袭扰破坏等行动。

中央决心清理门户

双方剑拔弩张

在大陈岛上，胡宗南那个所谓的"省政府"下设军事处、民政处、经济处及温岭县政府，但所控制的领土只有上、下大陈岛，包括渔山、一江山岛、披山、南麂4个岛屿地区，面积为16平方公里。

胡宗南来大陈岛，是在明知不可为而为之的情况下，自愿请缨而来的。他是想戴罪立功，试图再现他往日的辉煌。

当时，蒋介石在美国等帝国主义的支持和策动下，还做着反攻大陆的美梦，但和解放军的几次交战中，他的美梦开始破灭了。胡宗南能让蒋介石看到希望吗？

胡宗南是穷途末路，1953年5月，积谷山被解放军占领以后，胡宗南已经感到力不从心了，后来他和美方顾问就大陈岛的防务问题发生了分歧，大陈岛的军政体制因此重新进行了改组。

在那之后，大陈岛的防务，由新整编的美援装备师刘濂一扩充。1953年8月，蒋经国奉命专程迎接胡宗南返回台湾，胡宗南从此就离开了大陈岛。

胡宗南离开后，"江浙人民反共游击总指挥部"更名为"江浙人民反共救国军总指挥部"，徒有虚名的省府主席，暂由钟松代理。

国民党在大陈岛的防区，北领渔山、一江山岛，南控披山、南麂，防线绵延达 120 多海里，司令部则是以陆军为主体的三军联合编组。

大陈岛防区司令部有兼管防区党、政、军统一指挥责任，后来担任台湾司法部调查局局长多年的沈之岳，即任政治部主任的职务。

1954 年 9 月，下大陈设立行政督察专员公署，接管全区地方行政，沈之岳奉命兼任，"省政府"结束迁台，蒋经国的势力得到了巩固。

朝鲜战争停火后，解放军的海空军得以南移，开始对浙海地区施加压力，和国民党展开争夺战。

毛泽东不会让蒋经国这几只"小小苍蝇"长期嗡嗡叫的。大陈岛的舰队，已多次与解放军的大型舰艇在三门湾附近发生激战，但都没有占到上风。

积谷山解放后，解放军把大炮设置在大陈港西面不远的海域上，大陈岛受到了解放军的火力覆盖，我军早就下决心要夺回该岛了。

而在渔山、菜花岐间的海面上，解放军空军进行投弹攻击，国民党的海军优势明显下降。

解放军步步紧逼，在夺取鲤门、头门、田岙三岛后，迅速于毗邻一江山岛的头门山岛架设岸炮，其射程可覆盖一江山岛及大陈岛以北海面。

台州湾海域受到了解放军火力的控制，渔山列岛已完全暴露在解放军的俯视之下，国民党过去肆意妄为的海上游击行动就再也猖狂不起来了。

1954 年 10 月份，解放军的攻势越来越强，指向大陈岛的巨炮达到 30 多门。由宁波樟桥和黄岩路桥基地起飞的我军战机，不时飞临大陈岛进行航拍侦察。

解放军东海舰队的大型舰艇，同时在石浦港及三门湾一带海面行动，向国民党"太"字号、"永"字号及后勤的大陈特遣舰队舰艇不断施压。

在大陈岛附近海域，敌我双方剑拔弩张，战斗一触即发。

二、 一江山岛作战方案

● 张爱萍指示："密切注视敌人的一切活动，并加紧攻打大陈列岛的准备。"

● 毛泽东说："现在形势变了，准备打大陈，先解决浙江沿海岛屿，估计美帝不会有大的干涉。你们就准备吧！"

● 彭德怀说："人们常说'杀鸡焉用牛刀'，这次我们就是要用宰牛的刀去杀鸡。"

张爱萍提出作战方案

1954年5月11日开始，解放军发起了对东矶列岛的作战，至20日结束，历时10天。战斗规模虽然不大，但陆军、海军舰艇部队、海军航空兵部队都参加了，可以说是陆海空联合作战的前奏曲。东矶列岛作战积累了宝贵的陆、海、空联合作战的经验。

东矶列岛的解放，将国民党海、空军的活动范围大大压缩了，从而扭转了三门湾海上的斗争形势，为人民解放军陆海空三军协同作战、解放一江山和大陈诸岛创造了良好的条件。

东矶列岛解放后，敌人设在大陈岛的防卫司令部就赤裸裸地暴露在解放军面前。此刻，华东军区已经把解放大陈岛的诸项问题列入日程表。

时任华东军区参谋长的张爱萍，把解放大陈岛的事情当作自己当前的首要任务。其实这也是中央和陈毅司令对他的期望和嘱托。

在筹划解放大陈岛的过程中，张爱萍从情报部门获悉，敌人正在加强大陈岛、一江山岛、渔山、南麂一线岛屿的防御。很显然，敌人企图扭转眼前被动挨打的局面，企图负隅顽抗，垂死挣扎。

张爱萍马上指示司令部：

密切注视敌人的一切活动，并加紧攻打大陈列岛的准备。

张爱萍又从情报部门和报刊、杂志上获悉，美国与国民党军政要员有频繁的往来活动。

根据以往的经验，张爱萍敏锐地觉察到，蒋介石和美国一定在背地里搞什么阴谋。于是，张爱萍命令司令部，在继续加紧攻打大陈岛准备工作的同时，还要注意系统研究美蒋活动的动态。

后来，真的如张爱萍所料，美国政府和蒋介石正在酝酿签订《共同防御条约》。

为了及时有效地打击中外反动势力，1954 年 7 月中旬，中央军委命令华东军区：

以空、海军轰炸上、下大陈岛。

张爱萍立即指挥华东军区空军和海军航空兵，对敌人占领的上、下大陈岛实施轰炸。

轰炸达到了预期目的，大大震慑了国民党反动政府和美帝国主义。其主要表现是：

第一，进一步摸清了美蒋签订条约的真实意图。美国企图利用"条约"来进一步控制台湾及台湾海峡；蒋介石则借用这个"条约"取得美国支持，企图阻止我军

一江山岛作战方案

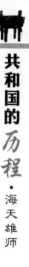
解放包括大陈岛在内的浙江和福建两省的沿海岛屿。美蒋各怀鬼胎而又狼狈为奸，都是针对新中国而来。

第二，这次轰炸，明白地警告了美蒋：中国人民决不会屈从于美国势力，一定要解放敌占岛屿。

华东军区为了粉碎美蒋的阴谋，于1954年8月10日下达了解放大陈岛的预先号令。

8月20日，华东军区副司令员许世友、副政委唐亮和参谋长张爱萍联合向中央军委、总参谋部报告：

> 正在加紧准备工作，尽快解放大陈。

解放大陈岛，开始并不是直接针对美蒋搞什么"共同防御条约"而进行的战斗，其实早在1951年，解放军就提出来了。为了粉碎美蒋"共同防御条约"，解放军加速了解放大陈岛的进程。

早在1951年2月，张爱萍由华东军区海军司令员调任第七兵团兼浙江军区司令员。张爱萍上任后，就开始考虑如何解放大陈岛，进而解放整个浙江沿海岛屿。当年3月，张爱萍调任华东军区参谋长，解放大陈岛、一江山岛等沿海岛屿，正是他考虑的中心课题。

1951年7月，陈毅司令员把张爱萍叫到上海，要他主持研究解放浙江和福建沿海岛屿的问题。

张爱萍接受任务后，组织班子，提出了一个从北向南攻打的方案，这个方案的要点是：

首先解放浙江的大陈岛，由北向南，逐岛攻击，由小到大，解放浙江沿海岛屿。然后，再由北向南攻占马祖列岛，大、小金门等福建沿海岛屿。

张爱萍同时考虑了从南往北打的方案，即首先解放大、小金门岛，尔后攻占马祖列岛，最后再解放大陈岛。张爱萍认为，先夺取大、小金门，可以收到不战或小战而一举解放福建和浙江两省沿海岛屿的效果。

为了实现上述军事目的，张爱萍曾于1953年1月率华东军区司令部工作组到福建实地勘察。

在这期间，十兵团兼福建军区司令员叶飞，提出了一个中间突破的方案，即以越岛攻击的方式，置上、下大陈岛和大、小金门于不顾，首先攻占马祖列岛，解除敌人对闽江口的封锁，然后再解放大陈和金门。

这几个方案，张爱萍经过反复研究认为，先攻击大、小金门，从南往北打，困难较多，主要表现为：

福建还未修通铁路，机场又太少，制空权和制海权均控制在敌人手中，空军与海军航空兵和海军护卫舰不能南下作战，再加上实施规模较大，需要多个加强军方可为之，因此渡海作战有一定困难。

张爱萍显然倾向于从北往南打的方案。

陈毅司令员将张爱萍由北往南打的方案报告给了毛泽东主席。

当时，毛泽东主席表示：朝鲜停战前，不要进行，停战以后再说。

一江山岛作战方案

朝鲜停战以后，毛泽东主席在中南海召开会议，他对华东军区表示：

现在形势变了，准备打大陈，先解决浙江沿海岛屿，估计美帝不会有大的干涉。你们就准备吧！

成立浙东前线指挥部

1954年8月2日，也就是解放东矶列岛两个多月以后，彭德怀在总参谋部主持召开了解放浙、闽沿海岛屿的作战会议。

参加会议的有总参谋长粟裕、作战部长张震、铁道部长吕正操、通信部长王净、海军副司令员方强、空军副司令员王秉璋和沈阳军区副司令员邓华、华东军区参谋长张爱萍等人。

在这次会议上，张爱萍专题汇报了解放大陈岛战役的设想，并对各个方面进行了阐述。他说得有理有据，看来他已经做了大量的调查，显得信心十足。

张爱萍汇报完后，彭德怀组织与会人员展开充分讨论。彭德怀同意张爱萍的战役设想，肯定了张爱萍所做的大量工作，并表示：

> 要充分准备，慎重初战，攻则必胜。

在这次会议上，粟裕讲话中也强调：

> 这是我军首次陆海空三军联合渡海作战，组织工作比较复杂，还要估计到美国可能插手，

一江山岛作战方案

要作艰苦的打算。

会后，粟裕要求张爱萍拟订一个作战方案，再来北京向中央军委汇报一次。

张爱萍回到南京后，马上召开作战会议，提出了一个具体的作战方案，并派作战处长石一宸去北京，向中央军委汇报。

1954年8月22日，粟裕听取了石一宸处长关于大陈岛作战的详细汇报。粟裕听后表示同意，并作了具体指示和嘱托。

8月24日，彭德怀在听取石一宸处长的汇报以后，说了一句精彩的话："人们常说'杀鸡焉用牛刀'，这次我们就是要用宰牛的刀去杀鸡。"

这是什么道理呢？原来这是彭德怀针对解放军三军首次联合渡海作战的要求所做的精彩比喻。

彭德怀还就轰炸大陈岛作了具体指示：

> 轰炸大陈的那天，你们要想尽一切办法查明大陈港内及停泊在那里的美舰，如有美舰在那里，我们暂时不攻击，等他们离开以后再打，这样做可以减少很多麻烦。我们的原则是既不主动惹事，但也绝不示弱。

在彭德怀听取汇报的当天晚上，总参谋部就给华东军区发来电报。电文如下：

　　同意石一宸同志代表军区汇报的作战方案，
可先着手准备。

随后，中央军委又作了三条指示，如下：

　　一、要充分准备，有把握后才发起攻击。
　　二、在组织海军和空军行动中，要严格掌
握对美帝国主义的政策，既不主动惹是生非，
又不示弱的自卫原则。
　　三、从小到大，从实践中训练和锻炼部队，
为解放整个敌占岛屿创造条件。

　　此外，中央军委还决定：为及时指导和总结解放军
首次三军协同作战经验，将浙东前线指挥部归中央军委
直接指挥。

　　作战方案批准后，华东军区立即成立了浙东前线指
挥部，张爱萍为司令员兼政治委员，陆海空三军有关部
队的浙江军区代司令员林维先、南京军区空军副司令员
聂凤智、华东军区海军副司令员彭德清、华东军区海军
参谋长马冠三为副司令员，华东军区副参谋长王德为参
谋长。

　　浙东前线指挥部设在宁波天主教堂的大院里，这里

一江山岛作战方案

布满了无线电天线和有线电话线，开设了 500 部电台，通信人员达 1300 余名。

指挥部下设华东军区空军浙东指挥所、华东军区海军前线指挥所、登陆指挥所，还有华东军区政治工作组、后勤联合指挥部等。

民主讨论攻击突破口

浙江前线指挥机构成立后，碰到的第一个问题就是选择突破口，也就是说，先打哪个岛对取得大陈战役胜利最为有利。

对于这个问题，彭德怀、粟裕都有过指示，张爱萍也早有想法。但是，张爱萍仍然主持召开作战会议进行民主讨论，目的是希望通过讨论更好地统一思想。这也是我党我军一贯坚持的作风。

在会上，对两种截然不同的意见和看法展开了热烈讨论，大家个个踊跃发表见解。

一种意见认为，先进攻大陈岛，持这种意见的人占多数，他们的理由是：

> 大陈岛分上大陈和下大陈二岛，是国民党军队在浙东占领的岛屿中最大的岛子。在大陈岛的西北方向和南北两侧，有一江山岛、渔山列岛、披山岛、南麂山岛等岛屿。大陈岛是国民党军队在浙东沿海的中心点，指挥部就设在这里。这些岛屿上约有2000人，在大陈岛就有1000多人。因此，攻下大陈岛，其他岛屿就好解决了。

一江山岛作战方案

另一种意见则是先攻一江山岛，持这种意见的只是少数。他们主要列举了两方面的理由：

第一，国民党很重视一江山岛，把一江山岛看作是大陈岛的"大门"。

从大陈岛传来的许多消息都证明了这一点，把驻守在一江山岛的官兵称作是台湾"北大门的卫士"。

美国顾问团团长视察了一江山岛，决定要"加强这扇北大门"，是"保卫自由世界"的"钢铁堡垒"。

另外，台湾的"国防部长"俞大维陪同蒋经国登岛向官兵训话，并在深更半夜把突击第四大队大队长王辅弼叫到跟前，极其忧虑地说道："一江山岛是大陈的门户，大陈是台湾的屏障，一江不保，大陈难守；大陈失守，台湾垂危！"

这些迹象表明，美国和台湾当局把大陈岛看作是"反攻大陆"的前进基地，而把一江山岛又当作"大陈的大门"。

既然一江山岛对于台湾当局如此重要，那就从一江山岛这扇大门打进去。

第二，一江山岛距离我东矶列岛近，容

易打。

对于是先攻占大陈岛还是一江山岛，参加会议的人一时间很难达成一致的意见，大家都有各自认为合理的看法和主张。

对于两种截然不同的观点和选择，浙江前线指挥部司令张爱萍都仔仔细细地听了，却没有发表自己的意见。

张爱萍静静地坐在那里，看着大家激烈地争论，脑子里也在思索着该选择哪个方案比较妥当。作为主要指挥官，多听听别人的意见是很有好处的。

张爱萍还不时插上几句，要求大家把自己的理由说得再具体些，要尽情发言。最后，张爱萍才胸有成竹地对大家说道：

"我同意先攻打一江山岛。"

张爱萍说完自己的决定，会场上的人顿时停止了争论，都睁大眼睛看着他。

指挥员们虽然也清楚张爱萍会有这种倾向，但当听到他要支持少数人"先攻打一江山岛"的观点后，还是感到大为震惊。

张爱萍站起来，看了看在场的每一个人，然后他概括了先攻打一江山岛的种种理由，并表示：

　　我之所以支持先攻打一江山岛这个决定，在这里，我只强调一点：

　　我军最前沿的岛子是东矶列岛中的头门山岛，距离大陈岛约十五海里，而距离一江山岛只有五海里。我军是第一次举行三军联合渡海登陆作战，一下子要渡过十五海里去攻打大陈岛，距离远，容易受挫；先攻打一江山岛，距离近容易成功。

　　如果攻打一江山岛成功，我军只要调整一下部署，以一江山岛为依托，乘胜从两面或三面解放大陈岛，这就比较容易；如果攻不下一江山岛，调整兵力部署也方便些，也不会受大的损失。

　　张爱萍讲完自己的看法之后，停顿了一下，然后他又向大家提出了一个问题：

　　你们想想，在攻击目标的选择上，是不是符合彭总所说的"杀鸡用牛刀"的精神……

　　张爱萍认为，下一步应先攻占一江山岛，这是必须选择的方案，而攻占大陈岛应该在一江山岛之后，只有这样才可以各个击破。

　　在张爱萍看来，一江山岛地理位置显得尤为重要：它位于浙江省台州湾外东海中，由南江、北江两个小岛组成，相距110米至250米，中间相隔一条江，形成南北对峙，这就是一江山岛名字的由来。

一江山岛北江岛稍大，东西宽 1900 米，南北长 100 米至 700 米不等，面积约 1 平方公里；南江.岛东西宽约 1010 米，南北长约 300 米，面积约 0.7 平方公里。

这个岛屿西北距浙东陆地黄岩县海门镇（现为椒江区——编者注）30 余公里，东南距大陈岛 16.6 公里，北距头门山 9 公里，为上、下大陈岛的前哨阵地。

所以，张爱萍认为，只有首先攻占了一江山岛，才可以为解放大陈岛做好铺垫。

确定三军协同作战方案

张爱萍说了他的看法后，华东军区作战处又进行了反复讨论和研究，但张爱萍依旧坚持首先进攻一江山岛的方案不变。

于是，论证后大家决定：首先发起一江山岛战役，三军协同作战，共同出击。

张爱萍的作战方略是：

在海、空军的协助下，首先要攻占一江山岛，同时佯攻披山岛，得手后，再全力进攻大陈岛。

把攻打一江山岛作为解放大陈岛渡海登陆战役的突破口以后，张爱萍开始组织部署陆海空三军兵力。

为此，张爱萍又专门召开作战会议进行深入讨论，讨论投入多少陆军兵力。

指挥员们首先分析了敌情，一江山岛驻有国民党"一江山地区司令部"及所属"反共救国军"突击四大队、二大队四中队和炮兵中队共1000余人。

许多人根据陆战经验认为，陆军只需1500到2000人就够了，至于炮兵，最多用两个营。在这样的弹丸之地，登陆兵力多了就施展不开了。

很多人都坚持这种看法，他们认为不宜往一江山岛派大量的兵力。

支持张爱萍看法的人却认为，在使用兵力上，一定要占绝对优势，这是因为解放军第一次进行三军渡海登陆战役，更要重视初战，以利鼓舞士气、积累经验，由此提高三军联合渡海登陆作战的能力。

他们提出的具体依据是：

第一，敌人都系海上惯匪和逃亡地主。

第二，一江山岛地势险要，易守难攻。

岛上无树木及其他遮蔽物；地形陡峻，光滑，攀登困难；周围岩岸久经风浪冲刷，岸壁陡度一般在四十度以上，岸高十到四十米，稍有微风，即生岸浪，不宜靠船。

第三，工事构筑坚固。

在一江山岛上面，竟有各种地堡一百三十多个，而且大都为永久性和半永久性的地堡；在前沿多为永久性地堡和堑壕相联结，工事较隐蔽，射击死角小，地堡多设有阻止步兵抵近的铁丝伪装网。

在堑壕、交通壕内及前后倾斜面的防空、防炮及掩护部，均有射击设施，副防工事系各铁丝网及地雷阵。

一江山岛作战方案

第四，阵地编组严密。

它分三条线：第一线以靠近海边的突出部为前沿支撑点；第二线为山腰各突出部，筑有辅助战壕和地堡，并以交通壕与前沿及纵深相连，组成"封锁工事"；第三线以二〇三、一九〇、一八〇、一六〇这四个高地为主要核心地点，利用制高点，构成上墙及永久发射点，形成坚固的环形防御。

第五，火力配置强。

它共有四层，主要控制滩头前沿：

以南江的小山炮、榴炮为第一层，在四千米以内距离上开始射击。

以战防炮、机关炮配置于前沿突出部为第二层，在两千米以内担任直接瞄准射击。

以迫击炮及配置前沿的火箭筒和机枪为第三层，在一千米以内射击。

以冲锋枪、卡宾枪、手榴弹为第四层，在一百五十米内射击和投弹。

这四层火力内，平均每一百米正面有两门火炮和两挺机枪，组成交叉稠密的火力网，控制可能登陆的滩头。

此外，大陈岛还有大口径火炮的掩护，在海面上，敌人有频繁活动的扫雷舰和小型炮艇进行支援。

通过大家热烈讨论，持上述意见的人仍然只占少数，很多人不赞成大量出兵。

最后，由于张爱萍坚持这个作战方案，大家服从命令，予以接受。

为了尽快制定一江山岛的作战方案，张爱萍命令三位作战参谋，以登陆部队的胜利为中心，对参战兵力进行一系列的科学计算，最后提出一个参战兵力的方案。

一江山岛作战方案

制定参战兵力方案

在张爱萍的要求下，三位作战参谋，进行了一系列的科学计算，得出了一个详细的参战兵力方案，该方案得到了张爱萍的肯定。

张爱萍马上把这个参战方案报请了中央军委，其内容如下：

陆军方面：

步兵第六十师一七八、一八〇团（又一个营）；炮兵一二二榴弹炮两个营，野炮一个营，山炮两个连，一二〇迫击炮两个连。

空军方面：

航空兵第二十师六十团，海军航空兵第一师一团（共有轰炸机 36 架）。强击机航空兵第十一师三十一团（伊尔－10 型强击机 24 架），歼击机航空兵第三师一个大队，第八十五团一个大队，独立一团一个大队，海军航空兵第四师第十团、第十二团。

航空第二师一个大队（米格－15 比斯 71架，拉－11 型战斗机 24 架），参战飞机 155 架。雷达三四二团的指挥连，和乔司、镇海、象山、海门、瑞安、嵊县、三门的八个连，十二部雷达参战。

海军方面：

第六舰队两个大队（护卫舰4艘），战舰大队（炮舰两艘），鱼雷快艇第一、第三十一两个大队（10艘鱼雷艇），炮艇三个大队（共24艘），火箭炮船一个大队（6艘），登陆艇、运输船（140余艘），外加救护船、指挥艇、通讯交通船，以及台州地区民兵和三一四部队沿海巡逻船等，参战舰船共200余艘。

参战三军共17个兵种，28个战术群，与被攻击方相比占绝对优势，其中步兵四个加强营3600人，三倍于国民党守军；炮兵四个营又十二个连，火炮119门，五倍于守军。

上述参战兵力方案只是在数量上占有绝对优势，还有一个难以计算的是性能上的绝对优势。这就是使各兵种、各战术群得到最大限度发挥各自的优势。

三军联合作战，要联合、利用各军兵种的优势，最关键在于协调各兵种、战斗群之间的关系，使他们的威力得到最大限度的发挥。

如何使陆、海、空三军根据各自的特点发挥优势，无论是对指挥员，还是对战斗员来说，都是一个相当陌生的领域。

一江山岛作战方案

当时所面临的情况是，方案虽然制定下来了，三军却从上到下谁都没有协同作战的经验，普遍缺乏现代化作战知识，对各军兵种之间特点缺乏必要的了解，甚至相互间抱有疑虑和不信任的心理。

陆军担心的是：空军在轰炸的时候是否会误伤自己？海军能不能把部队准时送上滩头？在海上遇到敌人怎么办？

空军担心的是：飞机能不能准时到达一江山岛上空？会不会误炸自己的舰船，被自己的炮火击伤？

海军担心的是：空军能否夺得战区的制空权，航行安全有没有保障等。

对于大家的顾虑，张爱萍又给参谋们出了一道数学题：如何把陆、海、空三个军种，17 个兵种和 28 个战术群结合起来，以及如何根据各种舰艇、飞机、火炮的性能，在规定时间内，准确地把炸弹、炮弹以及其他各种弹药投掷到指定的目标上。

这是一道非常复杂的数学难题，为了解答这道数学难题，指挥部参谋方中岳、郑武、袁仲仁以及海军指挥所、空军指挥所和登陆指挥所的参谋们，快速而有效地进行着各种兵力计算。

就这样，经过各级指挥员及参谋们的运筹、计算和调研，使复杂的军兵种、繁多的战术群、各种武器装备，都得到了充分的发挥。

他们把这个计算的结果落实到《协同动作计划表》

上。这个计划表，成为当时每个参战部队指战员的行动准则。后来，这个计划表就成为我三军协同作战所依据的最初脚本。

参战兵力方案几经讨论，得到了中央军委的批准。同时，中央军委任命张爱萍担任浙东前线总指挥，全权指挥前线陆、海、空三军。

张爱萍表示，一定会全力完成任务。

一江山岛作战方案

张爱萍上报作战计划

张爱萍上报参战兵力方案后，彭德怀又听取了华东军区关于"进攻一江山岛的登陆作战计划"的汇报，并对此次作战作了很具体、很详细的指示。

华东军区根据中央军委和彭德怀的重要指示，在战役发起前，对一江山岛渡海登陆作战做了战前周密的准备和精心的部署。战士们下决心一定要出色完成这次渡海任务。

张爱萍制定的参战兵力方案得到中央的认可后，他立即着手发动战役的具体方案和部署。在浙东前线指挥部组成后，张爱萍要求部队进一步摸清敌情，了解敌人的最新动态。

就这样，解放军参战部队动用各种力量从空中、海上、地面对一江山岛进行了详细而周密的侦察，了解到敌人的大量情报。

解放军运用多种侦察手段，实施多方向、多层次、多种方式的侦察，为发动战役和制定作战方案提供了可靠的情报。

到了 9 月份，浙东前线指挥部举行作战会议，张爱萍宣布作战计划。

战役分两个阶段进行：

第一阶段夺取战区制空、制海权，掩护参战部队进行战前训练，同时创造孤立、围困、封锁大陈岛国民党军的战场条件；

第二阶段为实施渡海登陆作战阶段，以四个步兵营，隐蔽进入进攻出发海域，尔后在海、空军和炮兵的支援下，对南、北两个小岛同时实施登陆突击，主要突击方向是北江岛的西部和西北部，辅助攻击方向是北江岛的东北部和南江岛的西部。登陆突击应是在白天满潮时进行。

浙江前线指挥部对该方案进行了广泛讨论。张爱萍对这个作战计划分析解释说：

第一，登陆地段只能选在登陆条件差的岛岸突出部，以避开岙部滩头地段敌火力封锁，这样既可出敌不意，又能利用地形直接迅速登上岛岸各主要阵地，割裂对方防御体系，各个歼敌。

第二，这次作战是解放军首次举行联合渡海作战，缺乏实战经验，夜间登陆突击难度会很大，而白天能够准确掌握登陆点，减少因登陆地段狭窄而造成的混乱，这样有利于协调三

一江山岛作战方案

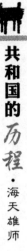

军的行动。

至于担心白天渡海可能遭国民党空、海军袭击的困扰，由于解放军已夺取制空制海权，也就可以放心了，不必太担心敌人的袭击和破坏。

就这样，紧张的战前准备工作有条不紊地开始了。只待时机成熟，解放军陆、海、空军便会一举攻上一江山岛。

三、 陆海空的攻岛准备

●士兵用背包绑上砖头充当喷射器油罐，草绳当输油管，步枪、木棍当喷火枪，以水代油演练操作。

●12 月的天气很冷很冷，滴水成冰，陆军战士们为了准备战斗，苦练射击，炮兵手上冻疮流着血仍不停演练。

●泅渡侦察的战士们在海水中顶着肆虐的海风，大家互相鼓励说："活，活在一起；死，死在一块！"

陆海空军艰苦练兵

为了保证这次作战成功，浙东前线指挥部在张爱萍的领导下，积极展开了战前准备工作，广大解放军战士激情高涨，在心理上已经战胜了敌人。

根据一江山岛多碉堡、多暗堡和火力难以摧毁的特点，张爱萍指示二十军成立喷火连，由他们去摧毁敌人坚固的工事和地堡。

1954 年 10 月，新中国第一个喷火连诞生了，华东军区仓库内 120 余具喷火器被翻出来。这些从国民党军手中缴获的美式、日式火焰喷射器，已经是破烂不堪了。经过修理，现在成了解放军第一个喷火连的装备。

在训练中，火焰喷射器材短缺，士兵就用背包绑上砖头充当喷射器油罐，草绳当输油管，步枪、木棍当喷火枪，喷射器油罐装满水，以水代油演练操作，用火柴和打火机训练防止冷喷。

到 11 月份，每个喷火手实喷 10 多次，以训练喷火的技巧。在负重几十公斤的情况下，练习爬山、过沟、接近敌人目标等。经过训练，战士们完全有能力摧毁敌人的工事了。

喷火连战士的口号是：

平时多流汗，战时少流血！

海军的主要任务是：由第五舰队组成登陆编队，负责输送登陆兵；由第六舰队4艘护卫舰和两艘登陆舰负责火力支援，打击大陈岛的出犯之敌；由舟山、温台、石浦大队的12艘炮艇负责登陆护航警戒，压制岛上的前沿火力点；由第一和第三十一大队的10艘鱼雷快艇相机攻击敌舰。

海军各舰队针对任务性质不同，进行了大队编队航海技术训练、舰炮对岸上目标射击和支援步兵登陆的协同动作等战术训练。

第六舰队组织各舰战士练习射击训练，而测距兵潜入到一江山岛前沿侦察地形，测定岛上碉堡位置和大小，统一了射击目标编号。

登陆部队在训练中，还总结出"三准"、"三要求"。这个"三准"即：遵守时间准，登陆地点准，操作动作准；"三要求"即：具体执行时间不超过30秒，登陆地点偏差不超过两米，要一举登陆成功。

当时，登陆部队到穿山港南岸练习装载，之后又到大猫山西岸练习登陆，从排与艇的协同，再到连与分队的协同，最后参加两次营团规模的登陆演习。

12月的天气很冷很冷，滴水成冰，陆军战士们为了准备战斗，苦练射击，炮兵手上的冻疮流着血仍不停演练。陆军战士们登陆时涉水泅渡，奋勇向礁岸、山顶冲

陆海空的攻岛准备

击，其冲天斗志将所有困苦置之脑后。

经过一个多月的训练，全中队登陆抢滩的速度从五分钟提高到两分钟，有的艇最快只需 30 秒。经过上级验收，陆、海军协同从思想上到战术动作上基本达到了战时要求。

空军在训练和准备方面，根据不同机型和担负的任务，其训练各有侧重。

歼击航空兵飞上天空以后，海面被阳光照耀得白茫茫的一片，难以分辨，不易找到地标和返航点。因此他们主要演练海上空域待机和返航着陆。

强击机主要演练对海上点状目标、对前沿阵地俯冲投弹和掩护陆军抢滩的协同动作。

轰炸机着重练习对岛屿点状目标投弹和对解放军海军舰艇的识别与协同。在协同歼击机部队和舰艇部队的几次演练中，为了保证飞机在作战负伤的情况下能安全返航，轰炸机又进行了单机飞行训练和自救、互救等演练。

在轰炸机的实践训练过程中，针对怎样才能迅速准确地发现和命中目标，参训官兵摸索出各种办法，如：

熟悉敌人的部署和目标的形状，逐一绘图默记，加深记忆；

根据太阳方位，敌人火力情况，选定在不同时间最有利的方向进入；

根据敌占岛照片，按目标编号选择标准点；

在熟悉主要目标的同时熟悉次要目标，以备临时选择打击目标之用；

不仅要熟悉攻击目标，还必须熟记其周围岛屿的方位和形状，以便在能见度低的情况下有利于机组的协同，增加概略瞄准系数，提高轰炸命中率。

陆海空的攻岛准备

秘密的渡海侦察

在战役发起之前，浙江前线指挥部对一江山岛战役、战术的侦察工作进行了一年多的时间，侦察程度完全符合以往作战的要求。

然而，一江山岛的战役是陆、海、空三军联合渡海作战，战斗发起后要在同一时刻从陆地、海面和天空不同的角度展开火力和兵力，要在面积仅为两平方公里的岛上发挥各自最大的战斗效能。

另一方面，攻占一江山岛还受水流、潮汐的影响，这一切仅靠以往目测、用望远镜或者潜伏到前沿去观察是远远不够的。

过去的侦察手段，充其量只能解决平面上的简单问题，而现代化战争是立体化的战争，必须全方位、多侧面、多角度地去把握敌人的情况。

1954 年 9 月，浙江前线指挥部把陆军、海军、空军合并后的侦察力量调集统一，成立三军联合情报汇集所。张爱萍要求把一江山岛里里外外、方方面面、各个角落都要调查清楚。

在这之后，海军、空军指挥所情报处对一江山岛的军情、防御阵地、岸礁、水文、潮汐、登陆点等情况，运用各种手段进行了不间断的观察和了解。

空军先后组织航空照相侦察17批60架次，目视侦察17批34架次，准确率达80%，发现地堡94个。其中，北一江山岛半永久性地堡60个，永久性地堡10个，无顶盖地堡4个；南一江山岛半永久性地堡16个，永久性地堡4个。各种火炮19门，其中有山炮2门、战防炮3门、迫击炮14门。

为了更细致地侦察敌人守军情况，第二十军副军长黄朝天，第六十师参谋长王坤、侦察科长潘天寿一行12人，化装成渔民登上渔船，混在渔船群中对岛上敌情进行了抵近侦察。

一天清晨，解放军的机帆船在海面上慢慢行驶着，在机帆船周围是捕鱼捞虾的船队。可是谁也不会料到，这条看似平常的渔船上却坐着一位解放军高级指挥官——黄朝天。

第二十军副军长黄朝天，身穿灯笼海裤，上面是褐色对襟帆布防水衫，系一条沾满鱼鳞的工作裙，这是渔民作业时围在腰间的专用服装。

渔船终于停靠在距一江山岛2000米处的地方，依稀可以看到岛上晃动的人影。

黄朝天端着望远镜秘密观察岛上的情况，岛上地形地貌、防御设施都尽收眼底。

从望远镜里可以看到南北两条陡峭狭窄的荒山秃岭，几乎没有天然的军事防御，但人为的障碍物和工事却从海滩一直铺到山顶，战壕、胸墙、铁丝网、地堡等，一道挨着一道。

在黄朝天的领导和指挥下，第六十师、公安第十六师选调出游泳能手，成立了海上泅渡侦察组，进行长途武装泅渡训练。

10月2日，海上泅渡侦察组一分为二，各由一名侦察参谋带领出发，具体任务是：登上一江山岛海门礁和擂鼓礁，勘察滩头前沿阵地，抓回"舌头"。

任务下达后，机帆船拖带着两条小船前往一江山岛北小潭附近，再换乘小船出发。而海门礁上设有固定哨兵，附近哨所驻有一个班的兵力。

海上泅渡侦察组一组负责抓哨兵，歼灭哨所之敌，另一组观察敌滩头阵地。

到了傍晚的时候，两个侦察小组行驶到一江山岛，忽然狂风大作，小船在海面上摇摆不定，换乘的小船根本无法靠岸，只好弃船泅渡。

侦察组泅渡登岸后，完成预期任务就返回了。在侦察回来的途中，海风依然在肆虐，宗保岐在率领小组返回途中，小船倾翻了，7名侦察员不慎落水。

在这种情况下，侦察队员游到一江山岛东北侧2000米处百夹山礁石上潜伏下来。战士们在困境中依然很坚强，他们互相鼓励说：

"活，活在一起；死，死在一块!"

在百夹山礁石上，大家度过了两天的时间，后来风浪渐渐平静下来了。10月4日，他们坚持泅渡到大茶花

岛。在行动中，侦察员刘昌松不幸牺牲。

10月5日下午，驻头门山岛的解放军第六十师炮团将机帆船上活下来的6名侦察员接上岸。之后，侦察参谋宗保岐荣获"渡海侦察英雄"的光荣称号。

陆海空的攻岛准备

小试锋芒夺取制海制空权

张爱萍给海军和空军下达了夺取制海权和制空权的命令：

把战区海空和海面都控制起来！

之后，张爱萍奔波在机场、海滩，又时而出现在训练基地上，亲自指挥每一次战斗行动。

海军和空军在积极的准备和训练中，最重要的任务是夺取制海权和制空权。为此，1954 年 11 月 1 日，空军和海军航空兵混合机群 41 架飞机，在华东军区空军浙东前线指挥所司令员聂凤智和海军航空兵副参谋长纪亭榭的统一直接指挥下，以闪电般的速度，轰炸了敌人的多个岛屿。这是解放军首次大编队轰炸，从而结束了敌空军长期任意单方轰炸解放军的时代。

11 月 2 日，解放军空军和海军航空兵又出动强击机 4 架，歼击机 6 架，开始对一江山岛进行俯冲扫射和轰炸，使得岛上的敌人一片混乱。

11 月 3 日，海军头门山海岸炮兵连的 4 门 130 毫米巨炮，狠狠打击了抵近侦察的敌扫雷舰"永春"号。"永春"号连中数弹，受重创后慌忙逃窜。

11月4日，张爱萍获知敌人的一个动向：**解放军重创敌"永春"号以后，蒋介石召开了高级军事会议。会后，当即派"国防部长"俞大维，副参谋长余伯泉协同美军顾问团团长麦克唐纳秘密赶赴大陈岛和一江山岛视察，勒令刘廉一加强防守。**

张爱萍从中分析断定：台湾当局以为解放军要攻打大陈岛和一江山岛了。

为了加深敌人的这个想法，张爱萍马上命令部队再给敌人以沉重打击，以此迷惑敌人的判断。

张爱萍一声令下，海军航空兵的一支由9架飞机组成的大队，在解放军空军驱逐机大队的掩护下，由团长姚雪森率领，对一江山岛的敌人指挥机关及集团工事实施大规模轰炸，再次给敌人以沉重打击。

11月14日，解放军鱼雷艇部队击沉国民党海军护卫舰"太平"号。敌人更加惶恐。

当时，国民党的"太平"号护卫舰在14日的凌晨由大陈岛东口出来，向渔山方向游弋。

"太平"号护卫舰刚出来，就被解放军高岛雷达发现了。岸上指挥所马上命令隐蔽在高岛锚地的鱼雷快艇做好出击准备。

执行任务的是华东军区海军鱼雷快艇第三十一大队的6艘鱼雷快艇。他们组成一个中队，每艘鱼雷快艇的排水量为24吨，装备的主要武器是两管450毫米鱼雷和12.7毫米高射机枪，其特点是速度快，最高航速可达52

节，体积小，机动性好，杀伤力强。

这支鱼雷快艇中队是 11 月 1 日由青岛首次南下，已在这里待机十几个昼夜了。

岸上指挥所设在高岛雷达站，指挥员是三十一大队副大队长纪智良。海上指挥所设在一五五艇，指挥员是中队指导员朱洪槽、副中队长铁江海。

这支鱼雷快艇中队的任务是：击沉国民党海军中型以上舰艇一到两艘。

"太平"号护卫舰正是鱼雷快艇中队攻击的目标。"太平"号原是美国海军"戴克尔"号护卫舰，1949 年装备了国民党的海军。

该舰排水量 1430 吨，舰上有官兵 200 余人，主要武器装备有 76.2 毫米和 40 毫米炮各 4 座，20 毫米机关炮 10 门，还有两组 48 发火箭炮，是国民党海军的主力之一。

11 月 14 日 24 时 5 分，岸上指挥所命令一五五、一五六、一五七、一五八等 4 艘鱼雷快艇出航，行至五棚屿以东 1 海里待机行动，做好突击准备。

1 时 28 分，解放军战士在距离鱼雷快艇 37 海里、左舷 45 度处发现了敌人的舰队。

副中队长铁江海立即命令各艇航至离敌舰 4 海里，他大声命令道："各艇注意，预备——放！"

一声令下，8 条鱼雷如离弦的箭，奋力扑向敌舰。放雷完毕，解放军的 4 艘鱼雷快艇马上转弯返航，驶离了敌人的射程。

只听见海面上连续几声巨响，敌舰驾驶台顿时黑烟滚滚。这个时候，敌人才从梦中惊醒，以为是受到了解放军空军的袭击，一个劲地向空中乱放炮。

解放军的水兵们笑着说："敌人在放礼炮，是祝贺我们袭击成功吧!"

没多久，国民党的"太平"号就失去了动力，随浪漂泊在海面上，三艘国民党军舰不得不从大陈岛方向驶来援救。

"太平"号中弹之后，冒着浓烟，慢慢地下沉了。最终，"太平"号在7时45分沉没于高岛方向145度18海里处。

这是解放军鱼雷快艇部队组建以来的首次作战。击沉"太平"号护卫舰，这对国民党海军是一个沉重的打击。

连美国新闻媒体也报道说："太平"号被击沉，证明中国共产党现在拥有很大的海军实力。

国民党当局惶恐不安，敌人高级官员在一天内两次召开紧急会议，商讨对策，结论是：共军攻打大陈岛、一江山岛是真实的行动。于是，当局再次命令刘濂一加强防卫。

陆海空的攻岛准备

做好后勤保障工作

我军在加强各部队训练和侦察工作的同时，后勤保障准备工作也在有条不紊地展开着。

12 月 20 日，浙江前线指挥部召开后勤保障会议，副司令员林维先公布了一组数字：

> 按照参战部队的 25% 伤亡人数计算，需 800 至 1000 套战伤救护器材。

按照一江山岛战役的需要，应准备：

> 各种弹药 1728 吨，并储备 817 吨弹药；各种舰艇油料 5175 吨；粮食、副食品等大量供给物品；并在海门、路桥、黄岩沿海开设野战医院和伤员收容所；此外还要在葭芷镇准备一个停尸管理所，烈士遗体埋葬也要事先做好准备。

除了这组数字，按照作战方案和战斗编组，第一梯队三个步兵加强营，按每排需乘一艘（LCM 型）铁壳登陆艇计算，共需 56 艘。

第二梯队步兵和直接瞄准火炮、M－13 火箭炮及运输救护所需船、艇共约125艘。而实际情况，华东海军只有铁壳登陆艇38艘、渔轮19艘。

针对这一缺额，海军在全军范围内调集所需舰船，也从青岛海军基地和上海江南造船厂抽调，不足部分，张爱萍亲自到华东局和上海市委请求支援。

中共中央华东局书记柯庆施、中共上海市委书记陈丕显，得知前线急需登陆船只，连忙召开紧急会议，动员工、商、港务局各界伸出援助之手，给予部队大力支持和援助。

没多久，经过各方努力，准备了各种登陆舰艇45艘、机帆船23艘，连同已有的支援舰队在内，参战舰艇达到186艘，于1955年1月13日集结到穿山港。

这些临时得到的船只种类很复杂，性能差别很大，很多都没有战斗和通信设备，有的连船员都没有，只能临时安装通信设备和战斗设施。不过，有总比没有强。

上海江南造船厂、海运局、打捞公司等单位也给予部队大力的支持，除临时抽调一批登陆船艇外，还抽调了舵工、轮机工、帆缆工等111人分配上船，实行土洋并举，军民结合的补救办法。

此外，浙江省人民政府在黄岩县城组织了大量担架、运输、医疗救护、道路抢修等分队和支前大军。仅黄岩县就组织了3100余名担架员和900多副担架，海门区组织了4100多人的支前大军，提供了2000余吨物资和840吨油料作为补充，为保证作战胜利充当坚强后盾。

陆海空的攻岛准备

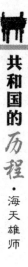

浙江省交通厅专门派人检查了公路、桥梁、渡口、码头和船只的安全情况，组织人力对不合格的地方进行了抢修。省粮食厅根据驻军情况设立了23处粮草站，保障部队战斗需要。

在陆、海、空三军加紧备战的时候，正是寒冷的冬季，不易掌握适于联合作战的气象条件。为了不失时机地抓住有利天气发起一江山岛之战，达到远距离奔袭和迷惑敌人的目的，为了尽量避免登陆部队因天气问题暴露作战意图等诸方面因素的考虑，前线指挥部做出了一系列的战场准备：

选择石浦港为待机地域（起渡场），1955年1月16日21时，五个登陆大队以演习换防为名，分乘第五舰队的"山"字号、"河"字号等5艘登陆舰，从穿山港起航于17日拂晓到达石浦港。

确定以头门山、田岙、蒋儿岙三岛为进攻出发地，此锚地可容纳五个大队所有登陆器材。三岛距离一江山岛航程仅4至6海里，可乘小型登陆艇直取而不必换乘。

同时，这三岛不易受到敌人火炮的威胁，岛上的情况比较简单，易于保密。

1月17日黄昏，登陆部队从待机地按预定战斗编组换乘登陆艇，沿海岸隐蔽地段驶入头门山三岛海域，进入阵地。

选定头门山为前沿指挥所，并构筑了炮兵发射阵地。第六十师所属工程兵修建了各种掩蔽部、掩蔽所 438 个，炮兵发射阵地 5 处，鱼雷快艇临时基地两处，并修造公路 3.2 公里，挖交通壕 380 米，满足了作战的需要。1 月 16 日 16 时，登陆指挥所在头门山开设完毕。

在空军作战室旁设立"华东空军前线指挥部气象室"，海军作战室配有专门气象值勤人员，及时传递各种气象预报，为部队作战提供天气的保障。

上海气象台、华东防空司令部气象台，及时提供海上中期天气预报。海军航空兵、空军基地气象台，海军各类观察站、哨所也都夜以继日地投入紧张的工作。

海军在战区的穿山经石浦到头门山岛地段增加了 10 多处航标；空军在南田、高岛、头门山等地增设雷达站和导航台。华东海、空军对大陈岛、一江山岛等岛守敌发起了登陆作战前的预先打击。

在登陆部队行动的同时，海军参战各舰艇单位分别在定海、檀头山、白岩山、高岛集结待命。空军轰炸机、歼击机、强击机分别在笕桥、宁波、大场、嘉兴等机场待命，做好了发动战役的准备。

由于战役准备时间过长，涉及面很广，规模又大等情况，随时有暴露作战意图的可能，各参战部队采取了一系列防御措施。比如在作战的时候要声东击西，以此

陆海空的攻岛准备

来迷惑敌人的判断。

战役正式发起前，航空兵和炮兵对上、下大陈岛，一江山岛进行无规律的轰炸和炮击。组织步兵对披山岛实施佯攻等行动，以此麻痹敌人，使其无法判断我军的真正意图。

进攻部队利用夜间转到进攻出发阵地，保证防奸保密。战前严格控制部队使用无线电通信，电台"静默"，防止敌人窃听。

一切准备就绪，就等开战了。

四、 陆海空的协同登陆

● 张爱萍说："关于登陆时机问题，就这样定了，中午开始航渡，下午 14 时 30 分涨满潮时登陆，黄昏前结束战斗。"

● 在解放军猛烈的炮击下，一江山岛上顿时弥漫着滚滚浓烟。解放军首次陆、海、空三军协同作战就这样开始了！

● 沈英成握住陆军朱连长的手说："陆军老大哥，看你们的了，为祖国为人民立功的时候到了，我们等候胜利的消息！"

讨论登陆时机和登陆地段

作战部队在夺取制海权和制空权以后，摆在参战部队面前的，就是如何攻占一江山岛。

要攻占一江山岛，必须解决两个关键问题：正确选择登陆时机和登陆地段。

要把这两个问题都解决好，就必须从解放军的实际情况出发，从当时的地理、气候情况出发，从而确定一个具有自己特色的打法。

关于登陆时机的问题，张爱萍召开作战会议进行讨论。参加会议的除两级指挥员外，南京军区的苏联首席顾问也参加了。

在这次讨论会上，苏联顾问竭力主张利用黑夜航渡，并在清晨登陆。

他特别引证了第二次世界大战期间，盟军在诺曼底、西西里和冲绳登陆的战役事例，像讲故事那样说得很精彩。

苏联顾问表示只有夜间航渡、清晨登陆才能取得战役的胜利。他的理由是：在航渡中，可以避开敌机和敌舰的袭扰。

在会上，一些参加过解放东南沿海岛屿的指挥员也支持苏联顾问的主张。

但是，华东军区海军司令员陶勇和华东军区空军副司令员聂凤智听后却不约而同地站起来反对，他们则主张白天航渡傍晚登陆。

苏联顾问是一个很自负的人，一听到有人反对他的意见，心里有点不舒服，就想反驳对方。

他特别提高了嗓门冷冷地对在场的人说道："如果白天航渡，那傍晚登陆肯定会失败！"

其实，他这句话，未免说得太绝对了。

陶勇和聂凤智是久经沙场的老将，打过的仗比苏联顾问见过的还多，所以认为苏联顾问不了解实际情况。

陶勇站起来，针锋相对地说："制海权、制空权控制在我们手里，怕他什么！"

聂凤智也插话说道："就是台湾的飞机全部出动了，解放军也能牢牢控制制空权。"

面对两个解放军将领的反驳，苏联顾问很不服气，坐在那里不再说话，他还几次望了望主持会议的张爱萍，希望张爱萍可以支持自己的看法。

其实，张爱萍很清楚苏联顾问的意图，但是他觉得，讨论才刚刚开始，应该让大家都发表一下自己的看法，这样才能集思广益，才能集中大家的智慧，群策群力打好这次战役。

张爱萍并没有特别照顾苏联顾问的面子，因此没有表态。

苏联顾问见张爱萍不支持自己的意见，气得受不了，

陆海空的协同登陆

夹起皮包就匆匆走了。

苏联顾问走后，大家继续热烈地讨论。

有人要陈雪江发言，谈谈他的看法，并说："这个问题，你最有发言权。"

陈雪江是登陆指挥所的副参谋长，他的确有发言权，也很有战略眼光。他曾经率领艇队多次配合陆军解放与袭击过几个岛屿，其攻打时间有的放在夜间，也有的放在白天，几乎都取得了胜利。

陈雪江站起来，看了看大家说道："放在白天打，还是放在夜间打，这要根据具体条件来确定。"

对于陈雪江的观点，有人不解，催问道："什么具体条件？说来看看！"

陈雪江显得胸有成竹，他自信地说："这里的关键，首先要看对我们登陆部队是否安全。现在，战区的制海权和制空权基本掌握在我们手里，这就是说，登陆部队没有后顾之忧，因此，我认为白天航渡好。"

然后，陈雪江还根据一江山岛的自然地理条件和敌人防御情况，阐述了白天航渡和傍晚登陆的具体理由，从各个方面阐述了自己的看法。

陈雪江说完后，会场上静了一会儿。

张爱萍见大家没有什么新的意见了，才谈了自己的观点。

张爱萍笑了笑说："苏联顾问走了也好，还是让咱们自己来决定自己的问题吧！"

但刚说完，张爱萍突然变得严肃起来，他说："苏联顾问是中国人民请来的客人，他对现代化作战是有经验的，对这次战役准备也提了很多有价值的建议，我们应该尊重客人。但是，苏联顾问并不清楚，我们的仗是在特定条件下打的，不能脱离我们现有的条件来研究现代化作战。我们要走出一条适合我们自己的现代化作战之路。至于说到登陆时间问题，我同意白天航渡，傍晚登陆。"

张爱萍正是根据这次战役的实际情况，才做出了自己的判断。

他的理由是：

第一，一江山岛是悬崖陡壁，具有坚固的防御工事，夜间不易攀登攻击。

第二，我们渡海装载工具是从各方面拼凑起来的，艇船性能不一样，夜间不便于组织协同作战。

第三，我们已基本上掌握了战区的海空优势，这为登陆部队白天发起进攻提供了胜利的保障。

陆海空的协同登陆

张爱萍最后说："关于登陆时机问题，就这样定了，中午开始航渡，下午 14 时 30 分涨满潮时登陆，黄昏前结束战斗。"

确定登陆时间后，在讨论登陆地段时，大家也展开了激烈的讨论。

一江山岛山势陡峻，山脊狭窄，山坡平滑，岸壁坡度一般都在40度以上，而且敌人还建有大量坚固的防御工事，很多地段都有重兵把守。

在这种情况下，产生了两种不同的意见：

第一种意见是选在暗礁少的海滩上，以便登陆艇抢滩靠岸，加快登陆速度。持这种意见的人认为，各国登陆作战，登陆点一般都是选在滩头的，解放军也不能例外。

第二种意见是选在海边的突出部，这样可以一举夺取制高点。

两种意见谁也说不过谁，大家都把目光投向了张爱萍，大家说道："张司令员，你来下结论吧！"

张爱萍却摇摇头，没有表态。

他心里其实在想，如果登陆艇抢滩靠岸，是可以加快登陆速度的。可是一江山岛的滩头又少又窄，还是敌人防御的重点地段，敌人可以从三面进行夹击，这样登陆时间会延长，部队损失将会很大。

张爱萍否定了第一种主张，而是主张把登陆点选在海边的突出部 这里距离制高点比较近，登陆部队不必涉水，可以缩短夺取制高点的时间；又由于敌人认为这里难以登陆，所以防御就相对薄弱，可以避免和敌人正面交战。

但是，突出部有漩涡，受拍岸浪的影响较大，登陆艇的操纵会很麻烦，弄不好登陆艇会被撞坏，不仅部队上不去，登陆艇也要受损失。

最后，张爱萍说道："我看，不要忙于作结论了，我们最好体会体会，马上去进行试验。"

散会之后，张爱萍带着登陆指挥所和陈雪江等人，来到一个类似一江山岛地形的大小猫山岛屿跟前，组织登陆艇与登陆部队进行实战演习。

部队反复操练了很多次后，张爱萍才作出了最后的决定：

把登陆地段选择在最不容易登陆、又为敌人忽视的黄岩礁、海门礁、向阳礁和乐清礁等突出部！

就在这个时候，台湾海峡的形势变化要求解放军必须尽快发动解放大陈岛的战役。

要解放大陈岛，就必须首先解放一江山岛。所以，攻占一江山岛刻不容缓，必须尽快行动。

因为此时美蒋已经正式签订了《共同防御条约》。条约规定，当蒋介石军队遭到"武装攻击"时，美军应立即"采取行动"。

《共同防御条约》签订后，美国第七舰队就出没于台湾海峡不断示威。

陆海空的协同登陆

有了帝国主义的支持，国民党海军舰艇也有恃无恐，开始四处进行挑衅。

不能让敌人再这样猖狂下去了，对于解放一江山岛，现在已是万事俱备，只等一声令下了。

张爱萍坚持开战时间

根据陆、海、空三军武器装备的性能状况，必须在2、3级风以内才能行动，如果海上风平浪静则更有利于登陆作战，否则登陆只能推迟时间。

为此，张爱萍请来各路气象专家"会诊"，得出的结论如下：

1、2月间一江山岛地区适宜于解放军作战行动的好天气只有5至6天的时间，而1月17日、18日、19日3天为好天气时段。

根据这个情况，张爱萍决定把发起攻击的时间定为1955年1月18日，并把这个决定报告了中央军委，希望得到中央的批准。

1955年1月17日清晨，张爱萍与副参谋长王德准率领少数参谋人员，驱车由宁波出发，前往头门山的作战指挥所。

在出发前，张爱萍又把气象科长徐杰找到跟前，带着自己的忧虑问："18日这个好天气，可靠不可靠？"

"可靠。"徐杰回答说。

张爱萍笑了笑，说道："诸葛亮借的是'东风'，我

陆海空的协同登陆

可不要'东风',我要的是一个没风没浪的好天气!"

徐杰怕张爱萍不放心,又说:"我知道,愿立'军令状'!"

张爱萍看到徐杰如此认真,就说:"这我就放心了。不过,'军令状'还得由我向中央立,我相信你!"

张爱萍乘坐的车刚到达临海,就被军分区的参谋截住,说是北京总参谋部要他接电话。

张爱萍下了车,来到军分区司令部。

总参谋部的电话表示:

在1月18日发起一江山岛战役还为时过早,还不必那么急,过早发起攻击受挫后将会造成不良影响,可以考虑推迟,甚至推迟两三个月也可。

到底还打不打?一江山岛战役是否需要推迟呢?张爱萍和王德商量后认为,现在部队都已经开始运动,箭在弦上,就此停止会很困难。

而且这个时候,国务院刚通过新的兵役法,将由志愿兵制改为义务兵制。按规定,军队里只留少数老兵做骨干,到时候,新兵能打仗吗?为此,张爱萍打电话给总参谋部分管作战的陈赓副总参谋长。

张爱萍列举了现在就发动战役的种种理由,他满怀信心地说道:"战役发起时间不能变!"

陈赓见张爱萍有势在必得的坚强决心，只好向粟裕作了汇报。粟裕斟酌后，表示同意，让陈赓直接向彭德怀请示报告。

陈赓上报时，彭德怀正在中央政治局开会，马上就和会上的毛泽东、刘少奇、朱德等交换意见。几位中央领导进行了认真的讨论。

毛泽东经过认真思索之后，在当日下午授权彭德怀作出决定。

接到毛泽东的命令后，彭德怀事先听过有关一江山岛战役的准备情况汇报，也早已胸有成竹，所以他很支持张爱萍的决定。

当张爱萍登上头门山前线指挥所的时候，海上的风力不但没有减弱，反而越来越强了，登陆的舰艇互相碰撞起来。

张爱萍再也沉不住气了，马上向马冠三、曾麦溪询问说："怎么又刮起大风了？我可是已经向中央立了'军令状'的啊！不行就不行，你们去查一查，一定要如实反映情况。"现

站在一旁的徐杰赶忙说道："这是阵风，拂晓前可以过去。"

尽管徐杰这么说，张爱萍还是作了打与不打的两种部署。

这一晚，张爱萍怎么也睡不着，不断带着王德、陈雪江登上山头，看天气。

陆海空的协同登陆

069

1955 年 1 月 18 日凌晨，果然出现了浙东海区少有的风平浪静的好天气，红日喷薄升起，把海面映得闪闪发光。

就在这个时候，登陆部队摩拳擦掌，早已做好了发起战役的一切准备！

一江山岛战役开始

1954 年 1 月 18 日清晨，刮了一夜的风终于停歇下来，海面风平浪静。面对如此风和日丽的天气，张爱萍对着湛蓝的天空，大声说道："真是天助我也!"

一江山岛战役马上就要按原计划开始了，张爱萍拿出这次战役草拟的具体部署方案：

一、以三个大队的兵力，于 8 时至 8 时 15 分对一江山岛实施预先航空火力准备，轰炸目标为 04、06、07、15、16 号目标。同时，以另一个中队为预备队。

二、以两个大队的兵力，于 14 时 30 分在地面军队发起登陆战斗之前，对一江山岛实施直接航空火力准备。轰炸目标为 02、04、06、07、08、09 等目标。以一个大队和一个中队的兵力为预备队，待命出动。

三、在第二十师执行任务时，歼击航空兵独立第一团以一个大队的兵力进行护航；歼击航空兵第三师和第十二师米格－15、比斯飞机共 32 架，在目标区外围进行空中掩护。

四、强击航空兵第十一师共出动伊尔－10

陆海空的协同登陆

飞机 48 架次,海军轰炸航空兵第一师出动杜 – 2 飞机 18 架次,上午实施预先火力准备,下午实施直接火力准备和直接支援登陆部队的战斗行动。

到了 1 月 18 日 8 时,解放军的空军部队开始出发了。飞机的轰鸣声由远及近,慢慢清晰起来,刹那间,快如闪电、声如惊雷般掠过长空。

只见一排飞机先是出现在西北地平线,接着又是几排,排山倒海,势如破竹,让整个天空都震撼了。

航空兵由杜 –2 型轰炸机 27 架、伊尔 –10 型强击机 24 架组成的 3 个混合空中编队在拉 –11 型战斗机掩护下,准时飞抵一江山岛上空,投下 120 吨炸弹,实施第一次火力行动。

在解放军空军部队的打击下,整个一江山岛开始笼罩在浓浓的烟雾之中,岛上的国民党守军顿时惊慌失措,叫声、喊声、骂声响成一片。

与此同时,迷惑大陈岛守军的行动也展开了。轰炸机、强击机各一个大队飞抵大陈岛上空,轰炸了大陈防卫司令部和远程榴弹炮阵地。

大陈岛守军还以为解放军要攻占大陈岛了,却不知道这是解放军声东击西的迷惑。而在同一时刻,头门山阵地的 55 门大炮组成的支援炮群,对一江山岛进行了猛烈的射击和轰炸。

支援炮群对一江山岛进行了 7 次急射，6 次监视射击，共发射炮弹 1.2 万发，紧随而至的是 38 艘护卫舰、炮舰、火箭炮船组成的编队逼近了一江山岛，对岛上的阵地展开了更为猛烈的炮击。

一江山岛上顿时浓烟滚滚。解放军首次陆、海、空三军协同作战就这样开始了。

惊天撼地的炮声、滚滚硝烟，让国民党守军为之惊骇！

陆海空的协同登陆

空军轰炸一江山岛

在这次作战行动中，轰炸机第二十师第一大队对 04 号目标 190 高地，第二大队一、二中队对 16 号目标 160 高地，三中队对 13 号目标 180 高地，第三大队分别对 06 号的瞭望村、07 号 203 高地、08 号的付家村目标进行了轮番轰炸。

到了 8 时 10 分，对大陈岛和一江山岛的轰炸完毕，头门山的大喇叭响起播音员的声音：

轰炸机群命中 3 号、4 号目标！强击机对 160、180 和 203 高地实施了准确的俯冲扫射！

中午 12 时 15 分至 13 时 22 分，登陆编队先后从蒋儿岙岛、田岙岛、头门山岛起航，以双纵队展开航进。

100 艘不同类型的舰船桅杆上悬挂着鲜艳的五星红旗，在 M－13 火箭炮群、海军舰炮和战斗机群掩护下，奋力前进，向一江山岛步步挺进。

在指挥所里，张爱萍看到这气势宏大的战斗群，兴奋地说："这哪里像海上进军打仗啊！我看这简直是西湖竞渡哇！"

当时，海航四师飞行员杨汉黄的任务是掩护登陆，并空中打击一江山岛的敌人。他在空中看得非常清楚，岛上火力点飞上半空，炸碎的礁石在海面四溅。

杨汉黄前后共起飞三次，第二次升空就看见登陆编队出发了，可真是万军齐发啊！一眼望去，辽阔的海面上到处是一片片金属反射出来的光芒！

杨汉黄奉命守住一江山岛南边，不让敌人舰艇飞机过来。杨汉黄把飞行高度保持在 3000 米，看见登陆编队渐渐靠近岛礁，敌人火力点开始阻击，舰艇开始还击，双方展开激烈交战，那场面真叫壮观！

在战役刚刚发起的时候，"沈阳"舰舰长费庆令已经看见一江山岛了，但不是很清楚，只看见我们的飞机一批批飞过去，轰炸场面对于他这个久经沙场的老战士来说也是大为惊叹，这种场面是他从来没有见过的。

当时，一批批飞机俯冲轰炸完后，发射"喀秋莎"火箭炮。在当时，大家都不知道是火箭炮，只知道是飞机用"另一种办法"把炮弹扔过去，让敌人的阵地顿时成了一片火海。

上午 10 时左右，费庆令的护卫舰出动，舟山的"战大"舰去了南江，北江就剩下他们舰队的 4 条护卫舰了，尽管这样，费庆令和战士们依然信心百倍。

在这个时候，登陆部队上来了，整个海面都填满了，也看不出方向。这种宏大的场面在解放战争史上恐怕还是第一次！

魏垣武率领的登陆艇三大队劈波斩浪，奋勇前进，

在距北一江山岛还有 1000 米时，火炮、机枪和所携带轻武器一齐向敌人喷射，顿时艇身震荡，岸上的敌人据点变成一片火海。

当离一江山岛的距离快速缩短至 300 米、200 米、100 米时，魏垣武在 626 号指挥艇上发出准备登陆的命令，同时命令炮火向纵深延伸。

解放军的舰队靠岸后，几十艘艇的大门同时放下，水兵把守艇首，机枪、冲锋枪封锁滩岸，掩护陆军下船。一时间，大炮轰鸣，地动山摇。

当时，在距敌 300 米的地方，解放军的登陆艇闪电般地冲向岸上。敌人十分狡猾，距离远了他们不打，但在相距 300 米时，敌人才开始用密集的火力向第一波登陆的解放军舰艇射击。

在登陆中，解放军 208 艇被一发炮弹击中驾驶台，桅杆打断了，艇长头部负伤。身边的战士刘守读左肩中弹，鲜血直流，但他发现红旗飘落到海里，就大声喊："红旗绝不能倒下！"

紧接着，刘守读从备用箱中取出另一面鲜艳的红旗绑到竹竿上，高高举在空中。迎着敌人密集的炮火毫不畏惧，他已经做好了牺牲的准备。

这时，登陆艇登滩，刘守读一手高举红旗，一手端着冲锋枪射击敌人，还高喊：

"陆军老大哥，我掩护你们，冲啊！"

216 艇加速冲到最前面，敌人所有的火力都一起射向这里，艇上枪炮兵当场牺牲。指导员是个老兵，有经验，把头一埋，舱玻璃全被打碎，几人脸上都是血迹，却没有停止前进的脚步。

216艇艇长把挡一推，战士们就奔了出去，放大门的时间比原定计划提前了30秒。

14时30分左右，三发红色信号弹腾空而起。

陆海空的协同登陆

陆军强行登陆一江山岛

当时，十六分队也向一江山岛冲去，因为缺少火力支援和登陆点的偏差，他们遇到了敌人三面火力的夹击。

冲在最前面的212艇在离岸300米处中弹数十发。艇长身中7枚枪弹重重地倒在血泊之中。枪炮副班长腹部中弹仍跪着射击。

由于212艇登陆前大门放得过早，艇内进水，影响了陆军部队的冲锋，还没有上岸就遇到了敌人疯狂的射击。

212艇操作班长临危站出来代替艇长指挥，关上大门，向左机动10余米冲滩，保证了准时向190高地发起攻击。而这个时候，艇上11人中已有7人牺牲了。

14时左右，十六分队已经接近中山村，212艇位于最前面，203艇位于第二，进入了山湾。岸上火力非常凶猛，疯狂的子弹把陆军重机枪手从艇大门打落到海中，艇上枪炮兵王居清中弹牺牲了。

突然，一发子弹击中第十六分队指导员邵云峰的右臂，邵云峰当时只觉得一阵疼痛，鲜血浸红了棉衣。

听到陆军指导员在命令战士冲锋，邵云峰顾不上疼痛，快速下到艇大门前帮助指挥。这个时候，陆军指导员中弹，大动脉被打断，没有来得及抢救就献出了宝贵的生命。

另一支分队——第十七分队的战士们也同样勇敢。队长沈英成在敌人密集的火力下亲自指挥部队作战，根本不把敌人放在眼里。

第十七分队在距岸 400 米时，就发出了一级战斗部署，奉命展开登陆战斗队形。四艇并列加速，朝着敌人的前方阵地冲击。

此时传来了张爱萍司令员的指示：

> 要发扬积谷山战斗精神，一举攻占一江
> 山岛！

队长沈英成及时把上级的命令传达给战士们。沈英成的指挥艇位于左翼，附近不时有巨大的爆炸声响起。

沈英成原以为那爆炸声是水雷爆炸所致，后来才知道，那是敌人在大陈岛打来的大口径火炮。敌人炮火的攻击让进攻受阻。

敌人远距离的炮火在攻击，而本岛的敌人火力也很猛烈。沈英成看见附近的地方有一个掩体，掩体下有个敌人火力据点，马上命令枪炮兵摧毁它。

沈英成刚要下达命令，却发现一个战士用 12.7 毫米机关枪一阵猛射，顷刻间就将掩体摧毁了。当时沈英成左耳朵距离这名战士的枪口很近，一下子震得流出了血。战斗异常激烈。

陆海空的协同登陆

14时35分，第十七分队第二批战士开始准备登陆

沈英成握住陆军朱连长的手说：

"陆军老大哥，看你们的了，为祖国为人民立功的时候到了，我们等候胜利的消息！"

舰艇的大门一打开，陆军的战士闪电般冲上了岸。就在陆军离艇的一刹那，只听见大门前一阵爆炸声，敌人的炮火击中了解放军携带的炸药包……

几小时后，传来了朱连长牺牲的消息。为了解放一江山岛，年仅25岁的朱连长献出了宝贵的生命。

五、 陆军激战一江山岛

● 敌人的炮弹从弹药舱打进去，这舷进，那舷出，竟然没有爆炸！

● 一排长命令一班长带两个战士并携带火焰喷射器，和他一起去摧毁敌人的碉堡。

● 新兵毕衍常还没拔出刺刀，身后枪声响起。他转过身来，拿起一块石头砸在敌人的头上，接着又给敌人一刀。

解放军第六舰队出击

在这次战斗中，解放军第六舰队的"南昌"、"济南"、"沈阳"、"武昌"四艘护卫舰组成两个战术编队，对一江山岛展开了猛烈的炮击。

他们的任务是：以舰炮对一江山岛的炮阵地、火力点和高地实施摧毁射击，掩护陆军登陆，同时阻击大陈岛方向开来的敌人舰队，支援引导鱼雷快艇实施攻击。

完成任务后转至百夹山岛与东矶列岛之间海域警戒，时刻准备打击增援之敌。

13时18分，"南昌"、"济南"两舰对一江山岛向阳礁、固守村的敌人战防炮阵地实施猛烈射击，掩护"沈阳"、"武昌"两舰组成的第二战术分队进入一江山岛作战地域。

13时22分，"沈阳"、"武昌"舰单横队进入百夹山岛与凉帽屿之间的射击阵地，主桅杆升起射击信号旗，前主炮发出震耳的轰鸣。

13时25分，"沈阳"舰转向180度，距离目标400多米，因目标背向阳光，观察困难，舰长费庆令请示缩短射击的距离。

经第六舰队邵震同意，"沈阳"号军舰向前贴近到敌人的海域，对瞭望村乐清礁阵地实施射击。

14 时 03 分，执行第二步机动射击。

14 时 06 分，共消耗弹药 140 发。考虑到下一步要拦截打击敌人援舰的任务，经第六舰队指挥部批准，以发射 200 发炮弹的一个基数为限。

14 时 30 分，登陆部队一举突破敌人的前沿阵地，登上了一江山岛。

两舰延伸射击，掩护登陆兵前进。

瞭望村的地形像一个馒头状的巨石，标高 50 多米，因此一连串的射击，炮火都很难命中目标，不是远弹，就是近弹，影响了登陆的时间和舰队的安全。

费庆令命令"沈阳"舰再次抵近敌人海域，为此，他下达命令：

同距离齐射，快发三发！

"沈阳"舰前、后主炮发射了三发炮弹后，就把敌人的火力点压制住了。

此时，雷达部门报告，敌军舰距一江山岛仅有 200米左右，后来根据测量记录发现，最近时离岸只有 160多米。

费庆令马上命令掉头，前、后主炮停止射击。

就在这时，先是舰首出现水柱，接着被水柱包围。军舰还没有调整过来就已经中弹起火。

当时，100 毫米火炮在这个距离上射击是很少有的，

陆军激战一江山岛

费庆令考虑到一定要保证陆军登陆，并消灭敌人火力点，就顾不上那么多，靠近了就射击。

"沈阳"舰靠近岛屿后，才发现他们被岸上的火炮封锁了，当时下面报告说：

机舱中弹，马上掉头！

这就出现了刚才中弹起火的那一幕。

由于离岸太近又在掉头，为了保证舰艇安全，费庆令没有时间指挥火炮射击，就把指挥权交给了大队枪炮业务长。

接着，"沈阳"舰又中了敌人的一颗炮弹。炮弹是从弹药舱打进去的，从这舷进，那舷出，竟然没有爆炸，因为幸好没有碰到弹药。

当时费庆令下定决心，要赶快离开这个危险的地方，否则他的军舰就会受到重创。

但"沈阳"舰刚掉过头来，敌人的炮弹再次落到甲板上。机舱破裂进水，当场有人员伤亡。

费庆令赶紧命令堵漏，抢救伤员。

从不断升起的水柱判断，是岸上敌人的 57 战防炮在偷袭。费庆令根据弹着点的方位反向寻找，很快发现岩石下伪装的炮阵地。

敌人这个炮阵地构筑得十分隐秘，空中投弹和陆炮射击都无法发现它。

枪炮业务长使用目测射击，指挥甲板炮火齐射。一顿炮弹盖过去，这个伪装的炮阵地哑了。

经过对"沈阳"舰的全面检查，发现一颗炮弹击中雷达室，一颗在冰冻储藏室爆炸，还有一颗穿透舰首压水舱靠近水线的部位，致使压舱水全部漏光。

费庆令马上命令各部门保持冷静，一边抢救，一边射击岸上的敌人，继续和敌人作战。

雷达兵王同馨在爆炸中牺牲了，年仅32岁。他原是国民党"重庆"号巡洋舰士官，曾赴英国学习雷达技术，是这方面的专家。

王同馨参战前在"广州"舰任职，因该舰进厂维修临时调到"沈阳"舰帮助工作。当时上级已经批准他回家结婚，未婚妻就在码头招待所里等着呢。听说"沈阳"舰雷达室临战缺额，大队确定他参战，他没有丝毫退缩，就随舰出海了。

然而，他却献出了自己宝贵的生命，在他生命的最后时刻也没有看一眼自己的妻子。他是真正的勇士。

战斗依然激烈地进行着。

"沈阳"舰负责清扫乐清礁界面的守敌，上方就是一江山岛地区敌军司令部的所在地——203高地，在那里的明碉暗堡错落林立，壕堑依着山势错综复杂，严重阻碍了解放军登陆部队的前进步伐。

费庆令透过硝烟，在望远镜中观察登陆部队的进展情况。他看见，突击队的红旗一会儿倒下，一会儿竖起

陆军激战一江山岛

来，有很长一段时间，红旗没有出现。

费庆令意识到这是部队受到了强势火力的阻击，难以继续前进，必须进行炮火支援。

此刻，舰上的炮弹发射已经超过上级规定的数量，在这关键的时刻，他立即报告上级，很快得到了火力支援的命令。

费庆令立即命令向 203 高地进行猛烈炮击。炮弹带着愤怒呼啸着飞向敌人，很快，敌人的工事被摧毁了。

我军的山地攻坚战

在"沈阳"舰以及海上其他火力的多重支援下，陆军第六十师一七八团二营抢滩登陆乐清礁，"戈尔洛夫"重机关枪毫不停息，掩护突击队向主峰发起进攻。

一江山岛的岩石很光滑，长满了蛤蜊等贝壳寄生物的岩石又很尖利，攀爬困难。

朝鲜战争期间，美国海军陆战队都配备了绳索、小刀之类的攀缘工具，解放军却没有，不过解放军战士比美国兵意志坚强，有不怕吃苦的精神。

在战役发起之前，一七八团二营经过了长期登陆作战的训练，早就练就了登崖越壁的绝技，这些困难根本难不倒这群勇敢的战士。

但让营长孙涌最担心的是，登上悬崖，便是光秃秃的棱线，海岛风大，树长不起来，棱线上既没有草，更不见树，人若是走在上面，处境太危险了！

如果就这么往上冲，很容易被敌人的火力封锁，但是停留在滩头更等于自杀，他们只能前进，不能后退，这是很明确的。

就在这时，迎面刮来一阵西北风，风是从190高地方向吹来的，那边正受到解放军飞机大炮的轰炸，风里还夹带着炮弹爆炸后的阵阵烟雾。

陆军激战一江山岛

营长孙涌心里想到，这真是太好了，这些烟雾就像烟幕弹，正好掩护一七八团二营在棱线上运动。营长孙涌大喊一声："同志们！快上！"

也就几分钟时间，一七八团二营尖刀排的战士们在硝烟的掩护下闪电般地攀上礁岩。

挡在前面的大概有十几个敌人。双方展开了肉搏战。五连战士没费多大工夫就把敌人消灭了，连冲锋枪都没有用。

孙涌率领一七八团二营已经攻进了固守村，但是乐清礁与固守村路不相连，部队伤亡主要是在六重坡，六连指导员就牺牲在那里。

二营七连长则是在反斜面战斗中牺牲的，他们连沿着战壕打过来，和敌人打得很激烈。

后来，孙涌协助七连战士阻击这股敌人。敌人只有四个人，地堡修得很坚固，也很隐蔽，但解放军还是用火焰喷射器把地堡连同敌人一起干掉了。

在攻打 203 高地时，解放军往上攻是仰角，敌人往下打是俯角。解放军的武器发挥不了威力，重机枪越接近越难打，因为仰度太高了。

一七八团二营的手榴弹打不上去，敌人的手榴弹却可以丢到 100 多米远。

敌人居高临下，手榴弹一丢直往下滚。解放军上了岛，山崖太陡，卧倒以后要抬头都很不容易。一江山岛的火力点是交叉的，一七八团二营四周都是环形防御，攻击时需要进行反斜面战斗。而反斜面战斗时，敌人攻击解放军都是从背后，二营出现很大伤亡。

战前一七八团二营没有估计到反斜面那么危险，况且敌人的交叉火力近距离看不清，要远距离才看得到。

北一江的敌人火力点也可以打二营，如果让一八〇团的部队掩护一七八团二营将很难做到，二营到了瞭望村，看到一八〇团进攻受阻，看得很清楚，于是就掩护攻击中的友军。

反斜面的战斗很混乱，也是伤亡大的一个原因。部队建制当时被打乱了，特别是到了晚上，大家都找好地方攀爬，爬不上去就另找个地方爬。

二营长孙涌下去以后，看到六、七、八连都混到一起，三营是预备队，也冲上去了，人员过于密集，显得有些乱。

在反斜面，解放军的炮弹打得不多，"杜尔"飞机从宁波飞出来，油料就差不多用完了，俯冲不了多少次；判读空军侦察来的胶卷也不清楚，黑白相反，作战部队根本看不懂。

敌人有的工事是用手榴弹箱叠起来的，机关枪架在台子上，枪管藏在手榴弹箱的缝隙里，可以往外打。晚上，他们就在弹药箱堆里睡觉。他们的暗堡也是宿舍，就在地底下，表面上看不到这里有碉堡，显得很低。等我军战士走过去了，狡猾的敌人就在背后打。

敌人也可以等瞄准了再打，可解放军却打不着他们。

孙涌正在选择指挥所的时候，敌人在他的身边投了一颗炸弹，孙涌这才发现上面有一个暗堡，赶紧向地堡里丢手榴弹，敌人却没被打死。孙涌派通讯员进去，反而被敌人打中了。

后来，孙涌站在下面往上看，才知道敌人的工事为什么侦察不出来。事实上，即使到近距离去侦察也看不出来。

原来，敌人伪装得很隐蔽，有的地堡在两块石头的缝隙里，还有伪装网。孙涌等人冲击到203高地时，下面还有敌人，他们的枪眼在石头缝里……

战斗依然在继续着。

激战 203 高地

在一七八团二营激战 203 高地的时候，一营战士在营长许国光的带领下，也展开了山地攻坚战。

但这次战役又不同于一般的山地攻坚，一江山岛的面积狭小，除了一条狭隘光秃的山梁外，四周都是大海，兵力根本无法施展。

解放军的火力难以发挥，打出去的子弹或被悬崖或被敌人的工事挡住，敌人却安然无恙，而敌人扔出来的手榴弹却可以给解放军带来伤亡。

敌人的手榴弹在一七八团一营进攻的队伍中连续爆炸，幸好这些手榴弹使用引线，而且是老式的，要过 10 秒钟才能爆炸。

战士们就冒险把敌人的手榴弹踢到海里，有的则又扔给了敌人。即便这样，一七八团一营因队形密集，还是出现了大量的人员伤亡。

在夺取主峰 190 高地的时候，一营营长许国光事先规定，登陆后要沿着战壕向山棱发展，直插 190 高地与 203 高地之间。

三连一排作为左翼穿插小分队，是从西山坡登陆的。一排一班在班长王德顺率领下，沿着战壕向一江山岛的山脊冲击。

陆军激战一江山岛

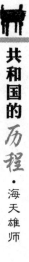

一排一班有一个出色的表现是：发现山崖下有一挺重机关枪和一个火箭筒封锁了南一江兄弟部队的进攻，王德顺就命令战士们跳崖。

全班战士在王德顺的率领下，从几米高的悬崖上跳了下去，很快就把敌人消灭掉了，为兄弟部队夺取战斗胜利创造了条件。

一七八团一营率先攻占 190 高地，在一江山岛插上了新中国的第一面红旗！后来，一营在攻克 203 高地的时候并不顺利，尖刀班在傅德昌带领下冲了上去，刚跨出战壕，就发现主峰下一道道蛇腹形铁丝网挡住了他们的去路。

203 高地上的敌人火力很猛，尖刀班战士全部被压制在岩石后面抬不起头来。时间就这样过去了几分钟，大家都在想办法通过这个障碍。

就在这个时候，傅德昌把枪抱在怀里纵身一跃，"嗵"的一声，跨过铁丝网，端起枪就向敌人扫射，还一边大声喊："快跳，我掩护！"

转眼间，解放军战士如同猛虎下山一般，全班跟随傅德昌冲过了障碍。

突然，傅德昌的帽子被敌人打飞了，他低头一看，身上都是血，左臂中弹，刚要包扎，一个敌人冲到面前，他马上站起来，抬起枪大叫："缴枪不杀，解放军优待俘虏！"

那个敌人一看冲锋枪顶到他胸前，只好举起双手。

经解放军审问，此人供出了在 203 高地侧方有两个钢筋水泥大地堡。

这两个钢筋水泥大地堡与四周堑壕相通，地堡内就是"一江山地区司令部"第四突击大队指挥部所在地，大队长王辅弼和参谋长都在地堡里指挥战斗，而这个俘虏就是王辅弼的传令兵。

傅德昌赶紧把情况报告给副排长，两个人一商量，眼看后续部队就要攻上来了，就命令俘虏返回地堡催促里面敌人投降，不然就炸掉地堡。

这个俘虏见从四面八方攻上来的解放军把 203 高地团团包围了，就乖乖顺着坑道返回去了。俘虏一进去，解放军所有的枪口都瞄准了地堡口。

没多久，地堡里传出一声枪响，接着就看见那个俘虏双手捂着肚子跑出来了，痛苦地说："不行……他们听说我投降，就……就给了我一枪！"

傅德昌一看，这人身上的棉衣真的被子弹打了一个洞，于是命令俘虏喊话劝降。那个俘虏被自己的人打了一枪，也愤怒万分，扯开嗓子大喊："你们快点出来吧，解放军占领了主峰，再不出来就不客气啦！只要缴枪投降，不打不杀！"

敌人的俘虏喊得口干舌燥，却不见地堡里的国民党守军有什么动静。

一个解放军战士就站起来，对着敌人的地堡大声骂道："不知好歹的东西，再不出来送个炸药包，让你们见

陆军激战一江山岛

阎王爷去!"

解放军战士的话刚刚说完,地堡里顽固的敌人就开始说话了:"千万别炸,我们投降!"

随后,两个敌人高举双手出来了。傅德昌对他们进行了搜查,让他们到一旁的炮弹坑里蹲着。这个时候,那个受伤的俘虏对着地堡继续喊:"要出来快点,想死就别出来!"

话刚说完,又出来几个。傅德昌让俘虏指认哪个是大队长。俘虏看了看却没有找到,这时另一个俘虏说,大队长负伤躺在里面不能动。

面对这种情况,副排长要带人冲进去,傅德昌不同意,怕是敌人的诡计,就大声说:"大队长,你不要装死,限你两分钟出来!不然……"

一个解放军接着说道:"不出来算啦,炸吧!"

话音未落,里面传出一声:"慢点,我出来!"

一个人就从地堡里胆怯地钻出来了,头和脚上包扎着纱布,脸上凝结着血迹,穿一套士兵服,双手托着一支手枪。

"你就是王辅弼吗?"傅德昌问。

"正是本人,第四突击大队大队长。"

从王辅弼口中得知,一江山岛防卫司令王生明在二营向主峰发起攻击时,打算带一支预备队反击,结果一出碉堡门就被解放军打死了。至于死在哪座碉堡内,由于地堡互相连通,所以无从查询。

同一时间，在南一江胜利坡高地上，近百个山洞的敌人居高临下向解放军登陆部队疯狂地射击，硝烟滚滚，登陆部队因此受阻。

担任胜利坡主攻的一营五连被一个碉堡的火力封锁。光秃秃的山坡寸草不生，战士们爬上去又滑下来。二排长大喝一声：

"共产党员跟我来！"

全排跟着排长冲了上去，但敌人火力实在太猛了，又都退回，只剩排长一个人滚落在石缝里。就在这个时候，他发现了隐蔽处有通往大碉堡的交通壕，灵机一动，他悄悄绕过去，只见几个敌兵正抱住机关枪向二排扫射。他抓起两颗手榴弹扔过去，碉堡剧烈地抖动了一阵，顿时化成一片灰烬。

二排冲上阵地清点人数，伤亡过半，只剩下 10 个人。六班长姜广真两次负伤，仍不肯放弃战斗。这时，守军的一支反扑小分队出现了，正朝这里奔来。

六班长姜广真带上剩下的三个战士和七班两个伤员迎上去。战士柴希生的枪被打断了，手臂中弹了，却在战壕里找到一挺高平两用机关枪，他端起来就向敌人扫射，打得敌人纷纷倒地。回头发现姜广真牺牲了，手里紧攥着手榴弹靠在石壁上，两眼还望向胜利坡。

在胜利坡上，一排和三排正向山顶发起进攻。一排长看到荒凉的山坡中央有个核心大碉堡，伸出的交通壕通向 160 高地，碉堡上还留着飞机炸过的累累痕迹。

陆军激战一江山岛

巨大的弹坑翻出泥土里的树根，碉堡的每一个射击孔都在疯狂地向外射击。一排长请求三排火力掩护，命令一班长带两个战士，携带火焰喷射器和他一起去摧毁敌人的碉堡。

碉堡内的敌人发现解放军靠近，就集中火力封锁开阔地带。一班长中了敌人的子弹，另外两个战士被封锁在弹坑内。一排长命令喷火手沈键泉，一定要把敌人的碉堡干掉。

"是，保证完成任务！"喷火手沈键泉大声答道。

沈键泉趁手榴弹爆炸升起烟幕时一跃而起，冲到了敌人碉堡的跟前。把火焰喷射器对准枪眼扣动扳机，只听"呼"一声，一道火龙钻入地堡，接着从各个枪眼冒出长长的火苗。碉堡里的枪声就停止了，从里面滚出几个敌人，一直摔到悬崖下。

"冲啊！"一排长挥手。

战士们刚冲上胜利坡，在 160 高地上的敌人援军就奔过来了。这批援军都是现代化装备，分两股沿着战壕迂回，左侧一股有 10 人，摸到一排所在战壕前十几米处突然扔出手榴弹。

面对敌人的进攻，一排长立刻组织人员进行反击。许多扔进战壕的手榴弹又被解放军扔了回去。

一营五连三个排巩固了阵地，借助战壕向 160 高地发起攻击。新兵毕衍常在战壕里转来转去，一抬头发现一群敌人冲过来，而前面的敌人离他不到 5 米。

敌人发现了毕衍常，正要射击，毕衍常的刺刀已经捅向了敌人，顿时一股血溅过来。还没容他拔出刺刀，身后枪声已经响了。毕衍常转过身来，拿起一块石头砸在敌人的头上，接着又给敌人一刀，剩下的几个敌人很快就成了俘虏。

毕衍常押着俘虏顺着原路返回，抬头发现在 160 高地上飘起了红旗。这时 203 高地上也吹响了阵阵的冲锋号，五连战士向山顶发起最后攻击了。

203 高地是一江山岛的核心，上面全都是顽固敌军分子。五连战士向 203 高地发起了猛烈的攻击。最后，我军攻占这一高地。

陆军激战 一江山岛

解放一江山岛

张爱萍在望远镜里观察着整个战况,他命令强击机向 203 高地轮番轰炸,并让海上舰炮封锁敌人的火力点。无数炮弹在敌人的阵地上炸开了花。

飞机轰炸之后,红旗再一次竖起来,解放军战士继续向 203 高地冲锋。

红旗在张爱萍的望远镜中一会儿消失,一会儿又出现,深深牵动着张爱萍的心。他深知军旗是军队的灵魂,更是一种精神的象征,只要看到红旗在飘扬,胜利的希望就在眼前了。

最后一个旗手是五连通讯员陈寿南。突击组冲上主峰时就剩下三个人了。一面红旗烧成焦片,伤痕累累,但它却高高飘扬在风中。

15 时 5 分,张爱萍兴奋地走出掩蔽下到码头,全然不顾炮火的轰鸣,大声说道:"走,上一江山!"

跟出来的一行人赶紧劝阻,王德还拉住张爱萍的胳膊,说现在还很危险,可张爱萍根本不听,说:"赶快叫陈雪江调炮艇过来,我现在就去!"

张爱萍边走边命令,吩咐舰艇部队密切监视大陈港内的动静,又命令空军做好起飞准备,随时准备打击增援的敌机。

陈雪江跑步过来，他知道张爱萍的脾气，这个时候劝什么也没用，只好叫过来陈立富，仔细叮嘱用两艘炮艇护送张爱萍从北一江山岛登陆。

炮艇快速靠近乐清礁。但见怪石嶙峋，崖壁数十丈，张爱萍心中暗暗赞叹解放军战士的英勇。

张爱萍登岛后，战斗还未结束，各处还传来断断续续的枪声。张爱萍见不足两平方公里的小岛上到处都是尸体，如此惨烈的场面真让他颇感悲壮。

师参谋长王坤报告，第一梯队各营已转入防御，正在修复阵地，将攻击转为大陈岛方向，堑壕、交通沟、地堡均在修缮，构成新的环岛阵地。弹药补发完毕，第二梯队各营正在肃清洞穴内的残敌。

前方忽然传来一阵枪声，一伙人攀登过去。主攻团副团长毛张苗上前报告，他们登上 203 高地后才发现，对面 180 高地上有一批举着红旗的人在突击，而根据协同作战的部署，友邻部队在胜利坡方向登陆应该由西往东打，这些人怎么由东往西冲呢？况且，攻打南一江部队所举的红旗应该与这边红旗一样大小，绝不会是小旗子。他断定这是敌人在耍花招，在伪装解放军突围，就马上组织两挺重机关枪封锁逃路。一番扫射，没被打死的敌人又逃回山洞里。张爱萍表扬了毛张苗，叮嘱大家要彻底做好肃清战场的工作。

这时，一副担架从山上抬下来，张爱萍上前询问牺牲的是哪个单位的战士，并亲自为牺牲者蒙上白布单，

又指示身边干部要处理好烈士的后事。

到了傍晚的时候，粟裕总长从北京打来电话，让张爱萍汇报战果，供新华社发通稿使用。

张爱萍报告战况及统计数据：

全歼守军1086人，击毙守军司令王生明上校以下519人，生俘第四突击大队大队长王辅弼中校以下567人，缴获各种火炮53门，火箭筒27具，轻、重机枪68挺，各种枪支823件，以及大批弹药和军用物资。

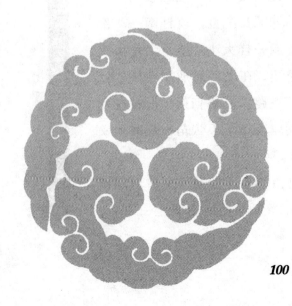

张爱萍总结自己的打法

解放军海陆空协同作战攻下一江山岛后，台湾方面大为震惊。台湾媒体报道说：

> 共军于拂晓即开始以机群、舰炮及岸炮，轮番炸射一江山我军碉堡、阵地、水际及滩头防御设施。
>
> 一江全岛笼罩在弹幕下，硝烟弥漫，火光闪烁。至中午，岛上我军阵地、工事、通信遭受严重破坏，各部队间，已失却联络掌握。午后，共军以小型登陆艇为主体的登陆船团，分由南田至海门一带港湾驶出，在大型作战舰艇掩护下向一江山海岸抢滩登陆。
>
> 我忠勇守军，虽予猛烈阻击，但共军借其人海战术，冒死攀登上岸。在战斗过程中，王生明司令一直坐镇指挥所，指挥所属作战。最后王司令在电话中报告刘司令：敌军已迫近到指挥所附近五十公尺处，所有预备队都用上。我正在亲自指挥逆袭，手里还给自己留着一颗手榴弹……话未说完，电话机中传来"轰"的一声，电话就此中断。刘司令和我们围在电话

陆军激战一江山岛

机旁的人都知道王司令已经壮烈殉国，无不热泪盈眶，悲恸不已！王司令虽已成仁，但一江山我军仍在继续各自浴血奋战，直到二十日傍晚，枪炮声始告寂止。一江山在激战五十三小时后，终于陷入共军之手！

美国合众社台北 19 日电文如下：

共产党的这次行动使用的兵力使这里大为震惊。这里军事当局不得不承认共产党中国的第一次陆、海、空联合作战是经过周密策划而且执行得很好。

据悉，美国参谋长联席会议主席雷德福海军上将和远东的军事首长认为，共产党中国的首要目标似乎是想试验一下美国是否愿意参加一个争夺澎湖列岛以外岛屿的战争，并且想在争夺其在亚洲威信的复杂政治斗争中赢得一个回合。

共军侵犯一江山时，由上海、杭州、宁波等地起飞各型飞机 200 余架，各种舰船达 150 余艘，陆军连续登陆者达 6000 人，飞机投弹达 500 余枚，岸炮及船炮发射达 20000 余发，一江山游击男士在众寡悬殊之情势下，仍步步为营，艰苦作战达 61 小时，终于达成守土天职后，全部壮烈成仁。

共军此次发动对一江山攻势，动用兵力八倍于守军，其所出动兵力之多与飞机、舰船之多，发弹量严密亦为历次战役，包括韩战在内之首次，其志在必得之意图至为明显。岛上游击队720人以一当十，固守据点，歼灭犯敌达守军之三倍，同时击沉敌巡逻舰两艘，击落击伤敌拉－11型飞机5架。

熊恩德在答复记者询问时称，共军叫嚣侵犯台湾及大陆外围岛屿，为一向之意图，早已为人所共知，企图犯大陈亦早已尽人皆知。一江山失陷后，共军对大陈之威胁自必增加，但国军必将固守疆土，绝不轻言放弃。

事实上，一江山岛渡海登陆作战，是解放军首次陆、海、空三军联合渡海登陆作战。它的一举成功，标志着人民解放军的现代化水平有了显著提高。

张爱萍在日后的总结中说：

我军解放浙东沿海诸岛特别是解放一江山岛的战役，是第一次组织实施陆海空联合作战。那时，我们没有这方面的经验，这个仗怎么打？我们没有照套苏军的条条框框，也没有按照欧美那一套，而是从实际情况出发，经过周密的

陆军激战一江山岛

筹划、计算，确定了自己的打法，结果打胜了。

人民解放军一举攻克一江山岛，给美蒋"共同防御条约"一个有力的回击。

解放一江山岛后，解放军的进攻态势明白无误地表明：下一步将攻击大陈岛。

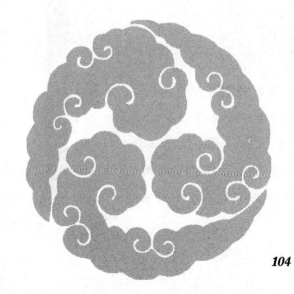

六、 解放军进占大陈岛

● 我军和敌人相距三海里时，敌人发现受到解放军鱼雷快艇的火力拦截，边射击边向外海逃窜。

● 美国急忙从菲律宾、日本、香港等地，相继调遣航空母舰驰往大陈岛东南海面游弋，企图干涉中国内部事务。

● 《声明》庄严宣告："中国人民的主权和内政，决不允许他人干涉！"

重创敌"宝应"号炮舰

一江山岛战役结束后，大陈岛的门户便打开了，解放军的下一步就是如何攻占大陈岛。

出于切断大陈岛与台湾间海上交通运输的战略考虑，华东海军鱼雷快艇第三十一大队 159、160 艇和第四十一大队 175、178 艇，奉命在头门山岛与东矶列岛之间的五屿棚处待机，准备偷袭国民党的海军舰船。

某日 3 时 15 分，高岛的雷达站发现有两个舰影游出大陈岛东口，并往台湾方向驶去。

一直待机的 4 艘鱼雷快艇接到命令，在岸上雷达引导下快速出击。

4 时 30 分，快艇编队在大陈岛以东海面发现缓慢航行的敌舰，前导为"永"字号扫雷舰，后续为"宝应"号炮舰。

"宝应"号是民国初年下水的老式护卫舰，海军界习惯地称之为"马达炮艇"。这种老式军舰也被派到前线执行长途运输任务，真是令人费解。

解放军的快艇在靠近敌舰的过程中，中队指挥 159 艇和 160 艇攻击"宝应"号，175、178 艇协助进攻，准备重创敌人的舰队。

和敌人相距 3 海里时，敌人发现受到解放军鱼雷快艇的火力阻击，便边射击边向外海逃窜，试图摆脱解放军鱼雷快艇的追击。

解放军的快艇编队紧紧地跟在敌人舰艇的后面，一直追到大陈岛的东南外海。

高岛雷达站监测此时距离目标超过30余海里，雷达失去了控制，快艇完全靠目视追踪搜索敌人的舰艇。

4时47分，解放军的快艇和敌舰只相距60多米，159艇迅速占领有利阵位，快速发射鱼雷两枚，一枚击中"宝应"号舰的尾部。

其他3艘快艇在20秒钟内连续发射鱼雷6枚，可惜却没有准确击中目标，完成任务后就迅速返航了。

"宝应"号炮舰受到重创失去动力，在外海漂浮无援，用无线电发出求救信号。

在黎明前，救援船只赶到，欲拖回台湾，因伤势过重沉没在大陈港内。

这次战斗，鱼雷快艇从发现目标到向敌人发起突然进攻，然后快速撤离，前后只用1小时30分，再次显示了鱼雷快艇作战的特点：利用夜幕掩护，在岸上雷达引导下高速接近敌舰，发射鱼雷击中目标后，能够迅速撤回。

此前，我军利用鱼雷快艇，向敌"太平"、"洞庭"两舰突然发动进攻，并取得成功。

这一仗与击沉"太平"、"洞庭"号战斗的区别在于，前两次战斗都是在对方毫无准备的情况下发射鱼雷，

解放军进占大陈岛

这次是在敌人有所防备的情况下进攻的，而且舰型短小，增加了鱼雷攻击的难度。

另外，前两次战斗都是鱼雷快艇对单舰发起攻击，这次面对的是敌人双舰编队，对方互相支援的交叉火力网也增加了鱼雷快艇攻击的冒险性。

175、178 艇为新式 K - 123 型鱼雷快艇，艇上装有雷达，尽管这种雷达测距有限，受气候和海情影响较大，但毕竟在武器装备上前进了一步。

鱼雷快艇自身可以在夜间航行时搜索目标，得到了一次实战尝试，并为以后海战积累了宝贵的经验。

两艇主动配合，160 艇攻击目标，逼迫敌方顾此失彼，防不胜防，给 159 艇占领有利阵位创造了条件。

经验证明，鱼雷快艇攻击有防备的目标，最好有主攻和助攻相配合，数艇协同作战效果更佳。

从这个意义上说，鱼雷快艇之间协同作战获得首次成功，作用和影响不亚于前两次战斗。

当然，和所有的战斗一样，成功背后也存在不足，更有许多经验需要总结。

159 艇首发命中后，"宝应"号当即失去机动，此时编队尚有 6 枚鱼雷没有发射，完全具备击沉"宝应"号的能力，然而结果却没有击中目标，实在可惜。

寻找其中的原因，主要在于各鱼雷快艇之间发射鱼雷的间隔时间太短了，未能占领最有利发射阵位便仓促发射鱼雷。群起而攻之，放完鱼雷又一窝蜂撤退，这不是应有的战术。

各鱼雷快艇之间混乱拥挤，159 艇撤出战斗时正好从178 艇发射鱼雷的射程内通过，所幸没被击中。

综上原因，也可以看出为什么对这次胜利的宣传力度不如前两次。

但不管怎么说，这一仗对和平解放大陈岛起到了推动的作用。

解放军进占大陈岛

张爱萍指示准备解放大陈岛

战斗结束第三天，张爱萍前往海门检查舰艇情况时指示：

抓紧修复损坏艇船，准备再过一周迎接解放大陈的战斗任务。

一江山岛战役的目的很明确，这就是：

坚决攻占一江山，全歼守敌，并巩固阵地，加强该岛的防御，为解放大陈岛创造有利条件，为准备解放台湾而奋斗。

1955 年 1 月 19 日，海航第一师轰炸机大队顶着蒙蒙细雨轰炸了大陈岛上的指挥所、气象台等地。

解放军轰炸大陈岛后，台湾国民党当局惊慌失措，认为解放军进攻大陈岛的战役马上就要开始了。

台湾当局甚至还惊呼，共产党出动 200 架以上的飞机攻击大陈群岛，这恐怕是第二次世界大战后最大的一次空袭了。

敌人担心其他岛屿的国民党守军会放弃抵抗，更担心投降解放军，所以再三声称：

任何岛屿将不惜任何代价予以坚持，大陈岛将准备作最后的战斗。

国民党当局还下令在闽、粤沿海对大陆进行报复轰炸。敌人出动飞机 36 架飞到汕头上空，炸沉英籍商船"正建伟"号及 3 艘驳船，海军独立高炮营当场击落敌机 5 架，击伤 4 架。

敌人再次对大陆人民犯下罪行：1 月 20 日，8 批 32 架飞机空袭厦门，对鼓浪屿进行投弹轰炸；次日，12 架 F - 84 战斗机轰炸了福州市，毁民房 4000 余间，伤亡 300 多人。

在解放一江山岛的整个战斗过程中，驻大陈岛的美军顾问华尔登上校和他的接替者麦克雷登上校都在现场观察。美国摆出一副军事"干涉"的架势。一江山岛的解放，使美国当局感到十分恐慌。

尽管美国此刻并不想直接与中国正面冲突，但又不能不摆出遵守条约的姿态，美国驻台协防司令部司令普莱德海军中将，于 1 月 21 日派出数十艘舰艇开赴大陈岛海面布下应战阵势，同时还出动美国作战飞机在大陈岛上空进行示威。

1 月 23 日，美国急忙从菲律宾、日本、香港等地，相继调遣航空母舰"中途"号、"约克逊"号、"埃塞

解放军进占大陈岛

斯"号和"大黄蜂"号，驰往大陈岛东南海面游弋，企图干涉中国内部事务。

美国当时的报纸报道，美国在中国海域共有5般航空母舰、3艘巡洋舰、40艘驱逐舰、50艘可供登陆的其他舰艇。美军先后出动了2000多架次飞机临近大陈岛空域活动，企图阻止人民解放军解放大陈岛，为情绪低落的国民党军撑腰打气。

与此同时，美国政府还玩弄"停火"阴谋，四处活动，怂恿联合国斡旋安排停火。让英国外交大臣艾登写信给周恩来总理要求"停火"，又让英国驻苏大使威廉·海特尔找苏联外交部长莫洛托夫从中进行劝说。

台湾当局从大陈岛撤军

面对美国的武力威胁，中国人民不畏强暴，坚决斗争。

1月24日，周恩来就中国人民解放军解放一江山岛，美国在联合国提出停火一事，发表《关于美国政府干涉中国人民解放台湾的声明》，指出：

> 美国政府干涉中国内政，中华人民共和国政府绝不同意和蒋介石集团停火。中国人民解放沿海岛屿并未造成国际局势的紧张，只是由于美国侵占台湾，庇护蒋介石集团，颠覆中华人民共和国才造成了国际局势的紧张。中国人民一定要解放台湾，美国的武装力量必须从这一地区撤走。

《声明》庄严地向世界宣告：

> 中国人民的主权和内政，决不允许他人干涉。

这给美国当局玩弄的花招以有力的回击。

解放军进占大陈岛

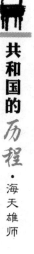
但是，美国当局并没有因中华人民共和国的强烈抗议而收手。就在这天，美国总统艾森豪威尔向国会递交了《正在台湾海峡发展的局势》的特别咨文。

咨文除提出由联合国谋求所谓"停火"外，还要求国会授权美国总统在必要时使用美国军队来保证台湾和澎湖列岛的安全。至于中国的沿海岛屿，他要求国会让他来辨明，如果解放军进攻沿海岛屿是"对台湾及澎湖主要阵地的进攻的一部分或肯定是预备步骤"，就可以使用美国军队进行干涉。

1月26日、28日，美国众议院和参议院分别通过了《台湾决议案》，决议指出：

> 兹授权美国总统，在他认为对确保和保护台湾和澎湖列岛不受武装进攻的具体目标是必要的时候，使用美国武装部队。

1月30日，解放军浙东前线指挥所为了实现中共中央、中央军委要解放大陈岛等浙江东南沿海岛屿的既定作战方案，正式向所属三军部队下达了准备攻占大陈的命令。

针对新西兰政府在联合国安理会提议讨论台湾海峡停火的问题，周恩来于2月3日致电联合国秘书长哈马舍尔德，指出美国侵略台湾造成了西太平洋的紧张局势，联合国应谴责这种侵略行为，并声明，在没有中华人民共和国代表参加的情况下，联合国任何有关中国的决议都是无效的。

在这段日子，美国一再要求台湾从大陈岛撤退，并非正式地向台湾保证，如同意全面自大陈岛撤退，美国将协防金门与马祖，并暗示在必要时刻会以原子武器对付中共，美国国会将通过"台湾决议案"，授权总统动用美国军队保卫台湾、澎湖等。

面对一江山岛的惨败，蒋介石不能不面对现实，如再坚持继续顽抗，上下大陈岛将如同一江山岛的命运一样，再次受到重创。

2月5日，蒋介石作出最后决定：从大陈岛全面撤退，行动代号取名为"金刚计划"。

同一天，美国国务院宣布，美国政府下令第七舰队和其他美国部队"协助"蒋介石部队从大陈岛撤退。

撤退行动自2月6日开始。美国通过其驻华沙大使向我国政府提出有关这项行动的目的，并保证不骚扰我国的渔船，希望我国政府方面不干扰这次行动。

2月7日，由普莱德指挥的美蒋联合舰队像鲨鱼群似的涌到大陈岛海域，美国第七舰队出动了130多艘舰艇、5000多架飞机、4.8万多名海空人员到达大陈岛海域，协助蒋军撤离。

美国的狼子野心昭然若揭！

解放军进占大陈岛

人民解放军进占大陈岛

台湾当局的"金刚计划"正式实施时，蒋经国也在大陈岛。他是在一江山岛失守之后，受蒋介石委派到大陈岛稳定军心士气的，随其同行的还有总政治部的美籍顾问杨帝泽。

当放弃大陈岛已成必然后，蒋经国在大陈岛的任务就转为安定民心了。在他下榻的渔师庙附近，不论日夜，都有人在守望，只要他一露面，便会大声叫喊："蒋先生还在这里！"

晚上，蒋经国和杨帝泽坐在山头，看着波涛汹涌的大海，内心颇为凄楚。他沉痛地对杨帝泽说："我们反共复国，是一件大事，为了百年大计，一时的忍痛，是不能避免的。"

2月6日，台湾当局发表声明，宣布从大陈岛撤退。说撤退大陈岛上的守军，是为集中力量防守台湾，同时也撤退岛上的居民。

在2月7日那天，蒋介石也为撤退大陈岛军队发表了《告海内外同胞书》，称这次行动的目的是为了转移兵力，增加台、澎、金、马防卫力量，配合新战略，避免无谓的损失。

在发表《告海内外同胞书》的同时，蒋介石还在台北讲述国际形势，他说：

> 台湾是中国的领土，大陆必须光复，曲解台湾的地位是别有用心的，"两个中国"的主张荒谬绝伦。

蒋介石的讲话，也是台湾国民党政府第一次对"两个中国"问题的表态。

2月8日，台湾"国防部长"俞大维、海军司令梁序昭、"国防部"第三厅副厅长蒋纬国等来到大陈岛，与蒋经国会合，共同巡视指导撤退。

2月8日夜开始至12日，驻守大陈岛的国民党军第四十六师和直属炮兵、军官战斗团等1.6万多人及大陈岛居民1.7万多人，共3万多人，在美国第七舰队直接参与下，撤往台湾。

在撤离前，蒋经国从军舰上取下一面中华民国的"国旗"，在岛上举行了最后的升旗仪式。

蒋经国对在场众人说："不要难过，不要失望，此刻我们要下决心打回来。"蒋经国为此心愿一直在奋斗，但他至死也没能再回到大陈岛。

军舰起锚了，大陈岛守军司令刘濂一望着四处吐火冒烟的大陈岛，凄然叹息："完了，什么都完了，落了一场空！"

整个撤退行动在2月11日晚完成，岛上守军1.6353

解放军进占大陈岛

万人和平民 1.7132 万人被分批运到台湾。居民不愿走的便惨遭枪杀。

在撤逃前，国民党海军爆破组在大陈岛上进行疯狂破坏，把大陈岛居民们世世代代居住的地方炸成了一片焦土和瓦砾，把几十个村庄烧为灰烬。

大陈岛国民党军头目刘濂一在逃走之前，曾对合众社记者说："当我们离开时，岛上只剩下死人了。"

解放军根据隔海观察和情报侦察发觉敌人撤逃后，马上进占浙江沿海岛屿。

2 月 8 日至 14 日，浙东前线指挥部所属部队先后进占北鹿山、渔山、披山诸岛。

22 日，解放军又出动飞机轰炸南麂山岛，岛上守军于 25 日仓皇逃窜到台湾，人民解放军当即进占该岛。

至此，浙江东南沿海岛屿全部回到人民的怀抱。

参考资料

《国史全鉴》本书编委会编著 团结出版社

《三军首战一江山》卢辉著 解放军出版社

《开国十少将》宋国涛著 中共党史出版社

《中国革命战争纪实》金立昕著 人民出版社

《三野十大主力传奇》张敬山著 黄河出版社

《第三野战军简史》王辅一著 中共党史出版社

《新中国海战档案》崔京生著 中国青年出版社

《海滨激战》本书编委会编著 河南人民出版社

《解放战争大全景》豫颖主编 军事谊文出版社

《解放军英雄传》本书编委会著 解放军出版社

《十大王牌军》本书编委会编著 广西人民出版社

《五十年国事纪要》余雁著 湖南人民出版社

《高歌向海洋》本书编委会编著 福建人民出版社

《台海对峙六十年》本书编委会著 中华传奇出版社

《强攻一江山岛之战》胡士弘主编 上海学林出版社

《震撼人心的历史瞬间》樊易宇 邓生斌著 长征出版社

《新中国军旅大事纪实》张麟 程秀龙著 湖南人民出版社

《亲历者说: 一江山岛之战》本书编委会著 上海文艺出版社

《中国雄师——第三野战军》本书编委会编著 中共
    党史出版社